不知道从什么时候开始，大家习惯了把微博叫成“围脖”；

也不知道从什么时候开始，大家习惯了把我叫成“大叔”……

围脖时期的爱情
Weiboshiqi
cleaiqing
刘萌 史悟轩/插图
闻华舰
著
全部
原创
图片
视频
音乐
Wei

沈阳出版社

图书在版编目（C I P）数据

围脖时期的爱情 / 闻华舰著；刘萌，史悟轩插图. —
沈阳：沈阳出版社，2011.3
ISBN 978-7-5441-4495-7

Ⅰ.①围… Ⅱ.①闻… ②刘… ③史… Ⅲ.①中
篇小说－中国－当代 Ⅳ.①I247.5

中国版本图书馆CIP数据核字(2011)第029408号

出 版 者：沈阳出版社
（地址：沈阳市沈河区南翰林路10号　邮编：110011）
印 刷 者：辽宁星海彩色印刷有限公司
发 行 者：沈阳出版社
幅面尺寸：145mm×210mm
印　　张：7.5
字　　数：150千字
出版时间：2011年3月第1版
印刷时间：2011年3月第1次印刷
责任编辑：沈晓辉　鲁莎莎　张　楠　王　颖
封面设计：姚姚工作室
版式设计：辛晓习
责任校对：日　光
责任监印：杨　旭

书　　号：ISBN 978-7-5441-4495-7
定　　价：25.00元

联系电话：024-62564922
E-mail：pubxh@163.com

目录 CATALOGUE

第一章 序…… 1

第二章 瘾…… 15

第三章 爱…… 29

第四章 欲…… 45

第五章 初…… 61

第六章 乱…… 75

第七章 祸…… 87

第八章 错…… 101

第九章 求…… 111

第十章 苦…… 123

第十一章 愿… 135

第十二章 暗… 147

第十三章 念… 159

第十四章 破… 169

第十五章 变… 183

第十六章 望… 199

第十七章 寻… 207

跋 225

微博达人怎么说 232

第一章 chapter one 序

这是个无“微”不至的给力时期，也是个无“博”不欢的娱乐时期，往往大剧拉开序幕之前都会被“主动”写上“情节完全虚构，雷同纯属巧合。”好吧，我也如是说：《围脖时期的爱情》简称《脖爱》，是我“主动”虚构的，即使个别真实ID“被主动”使用，而故事情节最终都是虚构的。所以，请勿“主动”或“被主动”对号入座。

1 不知道从什么时候开始，大家习惯了把微博叫成“围脖”；也不知道从什么时候开始，大家习惯了把我叫成“大叔”。有人说大叔这个称呼很韩流，而事实上我一点都不哈韩。大叔只是个代号，如同家里请来的洗衣烧饭的小保姆，我们习惯称之为阿姨，与年纪无关。大叔通常只提供开心，不提供开房。大叔爱说：信自己，不怕输！

2 大叔不泡妞，但不拒绝被妞泡。那天，阿桑专程从云南打飞机过来请我吃饭。事实上彼此都很清楚，吃饭是睡觉最好的借口。吃饭可以睡觉，睡觉却不能吃饭。她说喜欢吃三分熟的牛排，于是，血淋淋的牛排成了我们的晚餐。水灵灵的牛血迅速染红了她的双唇，很鲜很艳很血腥。应了一个网游新词儿：杀很大。

3 阿桑生猛地咀嚼了三份牛排后，才想起对面还坐着个无辜的大叔，于是，变戏法似的停止了饕餮般的进食举动，转眼变成了巧笑嫣然的美女，只是嘴角还挂着一抹嫣红的血迹。我想找餐巾纸给她，却发现没有。于是寂静的小餐厅里，“霍”地爆出一个性感而高亢的声音：服务员！来包卫生巾。

4 “来包卫生巾”就像一颗重磅核弹，餐厅里的空气骤然凝结，继而爆发出各种不怀好意的笑！淫笑、嬉笑、耻笑、嗤笑、狂笑……那一刻我的脸色一定很斑斓，配合着各种笑高速转换。阿桑则不以为然，大度地用虚假的微笑，从容地迎合着众人。这让我想起了戴蔓被无数闪光灯包围时无辜的样子，我见尤怜。想她。

5 “人家说错了嘛！”围观群众散去后，阿桑无辜地说。瞬间，一抹绯红惊现在她白嫩嫩的小脸上。毕竟她是个女孩子。我接过服务生送来的餐巾纸，递给她，“没关系，快擦擦。这么水灵的鲜血挂在那儿我看着有犯罪感。”她笑着骂我坏，然后表情怪异地盯着我说：“你和围脖里的那个大叔根本不像嘛！”

6 我没说话，十分专注地望着那张刚刚羞红过的白皙面孔。阿桑也在专注地望着我，一双明眸似乎要刺穿什么，“你没有在围脖里那么随意，有点深沉、有点儒雅。你说话的时候不看我的眼睛，有些害羞，还有些腼腆。”我笑着耸了耸肩，故作潇洒地说：“没那么随意说明我认生，不看你的眼睛因为我心虚，装儒雅说明我闷骚。”

7 阿桑本人要比相片更好看些。相片里的她脸蛋很有肉感，我曾对着相片冥想：左脸和右脸先亲哪边会更有喜感些呢？而此刻，小妹妹就坐在面前，大叔却无动于衷。我沉吟了片刻，深沉地说：“你长得很像一个人。”“老套！来点新鲜的，老男人泡妞都用这句。”“你长得特别像后宫优雅，而且不是一般的像。”

8 错愕，尔后是美丽的笑，“什么叫像嘛？分明就是我啦！不知道被哪个缺德的炒作团伙给盗用了去。说不定呀，就是一群猥琐男在那YY呢！大叔，你说我该不该维权呢？”她说得一本正经的，这下轮到我错愕了，“真的是你？别说，还真是越看越像。那你是越南人？”“云南！”“那我怎么听说那女孩是越南人？”

9 “嗯！也不完全错，我妈是越南人，我爸是云南人，奶奶是河南人；我出生在越南，长在云南，学在河南……糊涂了？”“困了。”我掏出烟来，她伸手抢过去，“我也要！”“女孩子抽烟不好，易老。”“我不管，男人抽烟还杀精ED呢，你不也抽吗？”“抑制精虫上脑，有益道德健康。大叔在修炼品行呢！”

10 阿桑狂笑，“哈哈哈，你还蹬鼻子上脸了！”“别人是蹬鼻子上脸，大叔是蹬鼻子上床。”她又笑，“哈哈，这句在你围脖里见过。”“那整句你没见过的。”我盯着她高耸的胸脯说，“你是胸奴王。”她表示疑惑：“匈奴王？”“靠胸脯奴役了众多粉丝的女王。”“色！我围脖里那些粉丝可不是垂涎我胸脯才粉我的。”

11 “我说小姐，你还真别不相信，胸奴族可是庞大得很。谁胸大，谁征服。服的不是你，是你的胸。这年月写得好不如说得好，说得好不如挤得好，挤得好不如卖硅胶的。挤出来的至少还算原生态的绿色放心奶，而多半巨乳，根本就是他妈两坨硅胶，骗得广大胸奴族成天傻痴傻痴的，真愁人！”

12 阿桑似乎很纠结，“你粉我也是因为我的胸？”我摇头，“为了私通。”“什么私通？”“私信沟通啊！”“我靠！大叔，你这话说得可真难听，还不如私奔听起来顺耳呢！”“我不加你关注，就发不了私信，也就给不了你电话号码，私信沟通交换电话号码等于私通。”她狂笑，“哈哈，大叔终于显灵了，贫劲儿这就上来了。”

13 我们同时开怀大笑。她边笑边用手机自拍，然后发到了微博上。接下来，几乎就是我一个人在说话了。她边玩微博边哼哼哈哈地应付着我。见状，我索性也打开了手机微博。之后，彼此一边心不在焉地说着闲话，一边各自忙着“织围脖”。此间我收到了糖果的私信，她说她想我了，问我在干吗。

14 我笑着回复糖果：“没干！”然后扑哧一下笑出了声来。阿桑被我的笑声惊动，回过神问：“大叔，什么情况呢？瞅你笑得……”我忍住笑，问她：“你平时问别人在干什么，怎么问？”“白痴问题。我就问在干吗，怎么了？”我坏笑道：“那你打字的时候打的是口马吗，还是口麻嘛？”阿桑终于明白过来了，当场笑翻。

15 按照正常程序，故事的发展应该是趁着大家聊得兴奋，假以开心之名互相牵手拥抱，再然后……再然后，我们根本就没来得及牵手，阿桑的私信就来了。我不知道是什么内容，但能看出阿桑脸上洋溢着某种幸福，而这种幸福的表情对我来说可能是某种不祥的预兆。果然，她抬起头来说了句："抱歉，我得走了！"

16 真正的灾难并不是美女说要走，而是她接着说："大叔，您得送我一程，某帅哥约我去Mix玩。"这就是活生生的教训啊！奉劝各位泡妞需趁早，吃完饭赶紧换战场。见脖友的时候，千万别互相开着微博，千万别给其他脖子留了插队的空隙。现在说这些已经晚了，各自穿戴好，大叔我要亲自给脖友送炮友去了……

17 当车停在Mix门口的时候，我的心突然纠结了一下，有那么一点儿疼。这个画面多年以前曾发生过，那时候我正跟一个歌手恋爱。我也曾亲自把她送到了某夜店门口，从此她再也没有回来。后来听说她跟一个日商去了东京，再后来又听说她跟一个美国佬头去了旧金山，总之没再回来过。而那些伤痛，却常驻我怀。

18 阿桑似乎看出了我的异样，“大叔，你不舒服吗？”我摇头不语。她又问：“是不是刚才吃的牛排太生，肠胃不适应？要不要去看医生？要不等下你就去看医生吧？”我在心里叹息了一声，然后微笑着说：“没事儿阿桑，祝你玩儿得开心！”她盯着我看了好几秒，然后伸手抱住我，把头埋进我怀里，轻轻地说：“对不起……”

19 回家的路上我反复听着阿桑的《寂寞在唱歌》，虽然此阿桑非彼阿桑，此伤感非彼伤感。但生活就是这样，很多事情容易重叠、交融在一起。比如名字，比如忧伤，比如相貌。阿桑与多年前那位会唱歌的却不叫阿桑的女孩，在这一刻相互转换，融合，定格。寂寞与寂寞也在融会，你听它在歌唱，那么熟悉。

20 精神一直溜号，错过了出口。只好在下一个路口再下辅路了，然后再调头往回走。不知有些情感是否也有下一个出口，可以掉头往回走？人生有时候真的很滑稽，这么想着的时候下一个路口又被我错过了，只好再继续找寻下下个路口。而下下个路口，似乎怎么也找不到了，越走越远，越远越黑……靠，我迷路了！

21 将车靠边停下来，给助理方亮打电话问他我的前方到底有没有出口了，他说不确定。等于没问。于是又上微博，愿神奇的微博能给我解围。果然，刚发完微博，立刻就有人回复，告诉我再往前大约一公里处有个出口，出去就可以调头回来。微博啊微博，还真是神奇，竟然真的在一公里处找到了出口。就在这时，电话响了。

22 电话是糖果打来的，能听出她的声音有些紧张，我问她怎么了，她反问我迷路了怕不怕，我笑着说："已经找到了出口。没什么怕的，大叔长得这么奇怪不吓唬别人都算我仁慈了。"她说："那就好，我担心你。"她的声音听上去很紧张，而且很弱。我突然意识到，她是偷着打给我的，她那位同床异梦的老公应该就在她背后。

23 该如何形容糖果呢？她是个随时可以给人温暖和关心的人。从照片上看，应该还算漂亮，只是多了些婚姻烙下的沧桑与憔悴。我们在私信里经常沟通，而且几乎每次私信，都是在她看了我新织的围脖之后进行的。她很敏感，能嗅觉到我开心与不开心；也很紧张，总怕自己说错话惹我不高兴而开罪于我。她的小心翼翼总是令我感动！

24 第一次和糖果私信的时候，她问我：大叔你是个什么样的人？我答：大叔是个领过离婚证的人。然后是很久的沉默。第二次发来私信已经是24小时以后了，她说：大叔可真幽默，这回答真牛逼！紧接着又跟了一条：大叔不会觉得我粗俗吧？大叔我是不是说错话了？大叔你别生气好吗？大叔我可以爱你吗……

25 终于看到了朝阳路的路标。这不是回家唯一的路，而且车多，路口多，警察多。可它是我今夜找到的唯一一条熟悉的路，我妈常说：容易迷路的时候，就走最熟悉的那条，哪怕有点绕远，但终归能找到家。行驶不到两公里，一辆A4警车别了我一下，差点没被剐上，眼看它轧着双黄线从公交专线上忽闪着警灯逃之夭夭！

26 大爷的！那就试下是我的3.0快还是你的小奥迪快吧！我斗志昂扬地追了上去，将其拦下，然后下车，敬礼，“先生，这是我的身份证，请出示您的驾驶证！”车里的警察将脑袋探出车窗，怒道：“我是公安！”我声高八度，庄严地回道：“我是公民！您滥用职权擅走公交专线属于严重滥交！您轧了双黄线属于严重涉黄！”

27 这时，后面开来一辆公交车，见路被警车挡住，很小心地轻按了下低音喇叭。很快后面又跟上来第二辆、第三辆……眼看着就要造成严重的交通堵塞。警察回头望了望，又看了看我，“我叫朱嶝衍，你叫什么名字？”我说：“好，我记住你了，你叫猪瞪眼，我叫文达书！”朱嶝衍在我脸上扫了几个来回，“文达书？好，我也记住你了。”

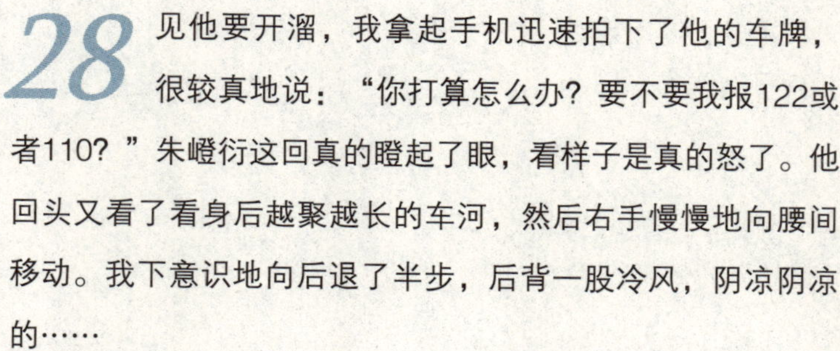

28 见他要开溜，我拿起手机迅速拍下了他的车牌，很较真地说：“你打算怎么办？要不要我报122或者110？”朱嶝衍这回真的瞪起了眼，看样子是真的怒了。他回头又看了看身后越聚越长的车河，然后右手慢慢地向腰间移动。我下意识地向后退了半步，后背一股冷风，阴凉阴凉的……

29 “小子，你有种！”朱嶝衍狠狠瞪了我一眼，掏出来一个黑皮夹子，取出一张卡片递给我，“这是我的名片，我跑不了。”我接过名片，看了看后面的车河，“好吧，我们给后面的让路。”然后各自上车，刚启动，他落下车窗对我喊了句：“文达书，你小子今天妨碍了本队长执行公务，这笔账我给你记上了。”一脚油门，呼啸而去。

30 这个夜晚过得还真是丰富多彩啊！到家后我苦笑着回想起阿桑的吃相，朱嶝衍的滥交，阿桑的不羁，朱嶝衍的妥协……想着想着就有点儿后怕了，我这是命大吧？这万一碰到的是个愣头青还不真掏抢把我给灭了啊？冲动何止是魔鬼，简直就是自杀。幸亏今天早起念了三遍：信大叔，不怕猪！

第二章 chapter two 瘾

微博成瘾的界定标准：1.无事不围脖，不博不生活。2.不上围脖，心事蹉跎。3.被人粉有喜悦，被围观有欢乐。4.睡前起后必围脖。5.心情好与坏都与围脖说。6.围脖重于工作。7.围脖重于睡觉。8.围脖重于吃饭。9.跑到网吧上围脖。10.被窝手机上围脖。五成为瘾七成痴。

——《大叔冥想》

31 微博成瘾最显著的特征就是躺在被窝里摸黑织围脖，我已经习惯了每天临睡前看看坚守在一线的博友们都在聊些什么。据说半夜织围脖的人全是精英，这个时候的话语权往往都掌握在@谭飞@杜子建@华子@马英十@王蕃@俞心樵@孔曲波@大仙@初志恒@王小山@老沉@傅冲等达人的微博里。今晚的热点是“春运、回家、车票”。

32 车票是什么？车票就是回家的距离；车票就是想家的情绪；车票就是你在这头，故乡在那头的忧愁；车票就是相聚的通行证；车票就是黄牛的住房和饭票；车票就是一张张渐行渐远的真情；车票就是逢年过节时你最真切的梦想！买票难，难买票，就要过年了，你的车票还好吗？今夜，我躺在被窝里编的这个段子被疯狂转发。

33 往往在这个时间里，北京小妞章鱼儿都会泡在北京大妞水缄的微博里，争辩小牛呼呼该不该爱上红水牛的童话故事。她俩都是我的粉丝，十分乖巧，水缄是这个童话的缔造者，而章鱼儿则是这个故事的忠实读者。在她的招呼下，我也一直追着看，故事虽然有些简单，但很纯真。每读之下心灵必被净化，神经也会得以放松。

34 刚发完车票的那个段子，就收到了一封私信。章鱼儿：大叔，安全到家了？发送给章鱼儿：已经躺下了。章鱼儿：不洗澡就睡了吗？发送给章鱼儿：一天洗两次太费，你报销水费啊？章鱼儿：哈哈！水费不提供，废水倒是可以，以后我洗脚用过的废水都给大叔送去洗澡吧！

35 和章鱼儿调侃了几句，正准备关机睡觉时，舟舟突然打来了电话，电话那端传来凄惨的哭泣声。我问："又怎么了？"她没有应答，还是哭。我刚有的一点困意顿时了无踪影，索性从床上爬起来，穿着睡衣站在落地窗前，一边听她哭，一边数头顶归航的飞机。数到第五架的时候，她终于说话了。但只有俩字：晚安！

36 舟舟可能是微博里最悲惨的一个女子。她和老公都是广东一所大学的老师，结婚三年没生孩子。因此她老公在婆婆的唆使下，不分日夜地折磨她。疯狂地殴打，疯狂地做爱。很多时候，都是刚刚打完了就做，做完了再打。她身上总是旧创未愈又添新伤。歹毒的混蛋，用禽兽来形容她的丈夫都是对禽兽的侮辱。

37 毫无疑问，今夜舟舟又被那个惨无人道的混蛋给折磨了。原本未愈的疤痕再次被撕裂，悲愤的血液混合屈辱与痛苦从伤口慢慢溢出，淌满周身。遍体鳞伤、痛不欲生的舟舟！独自承受毒打和黑夜的舟舟！知道吗，此刻，大叔再也无法抑制自己的情绪了，为你悲痛，为你落泪，愤怒的拳头攥得狠狠的、紧紧的……

38 犹如一根带刺的皮鞭正狠狠地抽打在我的心头，那么疼痛，那么愤恨。好在我还有痛哭的权利和自由，而舟舟呢，恐怕连这么卑微的权利都被扼杀了。她只能忍受着各种疼痛，躲在角落里绝望而屈辱地偷偷落泪，偶尔会趁那个畜生防备薄弱时，胆战心惊地拨通我的电话哽咽两声，这对于她来说或许已很奢侈了。

39 我能感受到舟舟的无助与痛苦，也能感觉到我对于她来说有多么重要。虽然我只是网络世界里一个虚无缥缈的ID，她也只是对着话筒冲我哭那么两声，但这对于她来说，已经是一种莫大的安慰了。至少在她心里，这个世界上还有我可以聆听她、感受她、同情她。她是那么的孤单；那么的孤独；那么的孤寂！

40 忍受了长夜无尽摧残的舟舟，白天从不耽搁工作，她甚至有些喜欢工作。至少在工作的时候她可以暂时忘却伤痛；至少在单位里他不会当众殴打她、凌辱她。好在他们并不在一个系里教书，因此白天她是相对自由的。她只能趁着空闲时偶尔上次网，用一个非常隐秘的ID织几条围脖，写些几乎无人能懂的忧伤文字。

41 我是舟舟唯一关注的人，因为我也经常写些忧伤得莫名其妙的文字。她说我那些奇怪的文字她都能读懂，但是又非常害怕读懂。越害怕就越想读，她甚至因此怀恨过我。恨我的文字总是能揪动她的心；恨我不该把她想写的文字都给写了出来，让她无字可写；恨我的文字弄得她的心脏时常痉挛，却又难以割舍。

42 舟舟很想知道，作为一个纯正的大老爷们儿，我为什么要写那么忧伤的文字，并以向我袒露她的遭遇为交换条件。我说我对别人的隐私不感兴趣，但她执意要告诉我。当然那时候我并不明白，其实她只是想找个人倾诉内心的凄苦。好在她不是一个怨妇。虽然她边打字边落泪，但字里行间并没有太多抱怨。

43 “有个女孩，每天都会被老公折磨、毒打，而白天还要正常去上班工作，从外表你根本看不出她浑身都是伤口，而且是新伤叠旧创……这样的事儿，你能想象得到吗？你能相信这是真实的吗？”我把舟舟的遭遇，简单地织了条围脖，立刻引来很多人的围观，大家观点各不相同，同情与谩骂共存。

44 很多人骂她傻骂她愚蠢，都被凌辱成这样了为什么不离婚，不报警，不离开他。尤其身居英国的逆风蝴蝶：这怪她自己，咎由自取。这种人不报警不见心理医生就是死路一条。有危险就必须逃跑！受欺负就必须报案！丈夫变态还不离开，不怨她自己怨谁？你们大家少来这种廉价无耻的同情，谁知情谁必须报案！

45 于是真的产生了“蝴蝶”效应，微博新一轮的口水大战就此拉开序幕。很多脖友口伐蝴蝶：你不会是在国外呆得时间太久，忘记中国式家庭暴力的特点了吧？两口子打一架，一方被搞得灰头土脸，甚至脸上还有指甲印，但转天人家该上班上班，该上床上床，该微笑微笑，该是夫妻还是夫妻……

46 也有人说，这事儿警察见多了，也没办法管，怎么管啊？总不能怂恿人家离婚吧！宁拆十座庙，不破一桩婚。最多是劈头盖脸地把施暴方训斥一顿。你真要通过司法把人给带走，你看吧，另一方保准跳出来跟你急。哪怕受了天大的委屈，人家那也是家庭内部矛盾，一句“我们两口子闹着玩的，您请回吧！”就给打发了。

47 也有责问和理解舟舟的,@安娜wx ：她能接受暴力，肯定自身也有问题，本人太软弱可欺；@江边游客：世上男人死绝了吗？非得死皮赖脸跟着这个男人？@悟空妹妹：我信，这女孩和她老公是受虐和施虐的关系。奇怪，为什么那女的不反抗；@AngieMa ：我还相信她老公在外人看来可能温文尔雅谦逊礼貌呢。

48 也有诸多口水是吐给我的。责问我为什么知道事情真相不去帮助她，却在微博里发这条没营养的问答题？还有人骂我良心被狗吃了，把别人的痛苦当消遣供人品评，这是往人家伤口上撒盐，并奉劝我早点找根鞋带上吊，要不就找张坚挺的人民币割腕。最让我惊奇的是，戴蔓也参与其中了，冰冷而又简约地说了句：人渣！

49 戴蔓的回复，令我的血管骤然膨胀，大脑莫名其妙地出现一片真空，心脏戛然停止跳动，继而是高频率的乱颤。请允许我在这里将她的名字用化名“戴蔓”来代替，毕竟作为公众人物这会牵扯到很多麻烦。大叔不追星，但不意味着大叔不会喜欢上明星。我承认，我有点喜欢这个人，但这种喜欢，最多算是迷恋。

50 如同你迷恋上了一个虚无的ID。大叔就在相当长的一段时间里，很是迷恋戴蔓这个ID，几度二二地去她微博里留言，参与她发起的一些非常小资的话题。但几乎不会得到她的任何回复。好在有个叫做“偶尔风尘”的家伙总在那里跟我斗嘴，避免了些许尴尬和失落情绪。没错，很多时候，我是个失落而又窝囊的大叔。

51 微博就是这么个神奇的玩意儿，你可以在自己的领地里当大爷当大叔当姑奶奶当少夫人，游刃有余地与关注自己的粉丝们调侃PK、嬉笑怒骂、打情骂俏，极大地满足自己的虚荣心，嘻哈于微博，忘情于虚无。每个人都可能是别人的粉丝，但每个人又都是自己的王。自己主宰着自己的一片网络蔚蓝，那么惬意。

52 我二二地问戴蔓：“人渣”指的是舟舟的畜生老公还是大叔我？她没回答。这个结果其实早在意料之中，但我还是问了，再次遭遇失落。很多时候，失落也是一种自虐。难道真的每个人都有自虐和被虐的心理倾向？我想是的。比如有的人明明很困了却死活不睡觉，不是不想睡而是不给睡，这不是自虐还能是什么？

53 我曾怀疑舟舟也是自虐狂。有一次在电话里愤怒地问她：你她妈傻啊！为什么不离开那个混蛋？她说你骂吧，你不懂的。或许我现在懂了。脖友@东西不辨说：“这是一个非常深刻的社会问题，不是痛骂几句就能解决的问题。而且这种情况估计是人类社会与生俱来的。世世代代的妇女不是大多数都这样过来的吗？”

54 东西不辨只是陈述事实，不是悲观。文明进步不意味着女权已被解放，别说女权，就算人权又有多大的进步呢？我们提出来，不是抗议和调戏，而是期待与展望。如果人类连展望都梦不得说不得，那所谓的文明就彻底不再是文明了。当下所谓的文明是沉重的，是戴着几千年传习下来的道德紧箍咒在痴痴地狂欢。

55 大叔不是啥高人，大叔拯救不了世界。大叔只想拯救舟舟。于是，第二天中午给她发了私信：舟舟，昨晚大叔失眠了。我心疼的舟舟，让我流泪的丫头，知道吗，那皮鞭不止抽在了你的身上，也打在了大叔的心头。我的灵魂都在为你痉挛，那么疼痛，那么愤慨，我要救你。

56 一个多小时后，才收到回信，想必她在中午的时候不是特别方便。舟舟：大叔，你弄哭了我，不过你放心，这回是笑着哭的。很幸福的感觉。认识你真好，我敬爱的大叔。谢谢你说救我，可是你救不了我的。我就是一叶孤舟，你就让我在这浩瀚的大海上孤独地摇曳，自生自灭吧！

57 发送给舟舟：丫头，大叔是木匠，造得船，开得船，也拯救得船。哪怕你被狂风大浪折腾得只剩下几块船帮子，大叔也要救你于魂飞魄散、玉陨成灰的边缘。你自己不要放弃自己，知道吗？你要坚强，要相信你会走出这片恐怖的死海，相信我，我会有办法救你上岸的。

58 舟舟：喂！大叔很哈韩，会作秀，会煽情。你是在安慰我还是在调戏我？好吧，我宁愿相信你是真心的，答应你，坚强地活。对了，你知道无花果吗？一种好吃的果实。外表看上去很丑陋，圆的，肉甜。越吃越想吃。是我们这里的特产。给我个地址，我邮些给你。相信你会喜欢的，也许会上瘾。

59 会上瘾的东西多了，区区一颗果实，又能奈我何？吸烟容易上瘾，大叔吸着；爱情容易上瘾，有人爱着；围脖容易上瘾，我们织着；受虐也会成瘾，舟舟受着。其实，我们不是不懂得抑制，而是不想。太多时候，最难说服的人不是别人，恰恰是我们自己。这个世界到处充满着诱惑，而我们又有着太多的执着、固执、坚守的理由。

第三章
chapter three
爱

你相信灵魂的存在吗？我相信，就如同你相信爱情的存在一样。爱不一定是面对面，爱是被感知，是一种精神。犹如灵魂，我们触摸不到，却可以感知和被感知。当你有了这种感知，我们的精神就碰撞在了一起，如同灵魂的交融，我们就可能相爱。爱了，可能幸福，也可能痛苦，但都是值得珍惜的感知。

——《大叔冥想》

60 这个午后有点落寞，心情莫名地抑郁。一直觉得自己很爷们儿，是个强悍的大叔，没有什么事情可以真的扰乱了心情。而此刻，却真的有点心乱的感觉。强烈预感有什么事情要发生。秘书李筝送来一叠紧急文件请我尽快批复，翻了几页，实在没心情看，丢到一旁。去戴蔓的微博里转了转，没有更新。这时候电话响了。

61 边接电话边披风衣，火速下楼，急速开车，向区公安局治安支队驶去。阿桑被抓了，警察通知家长速到局里喝咖啡。当我赶到时，一名女警接待了我，根本没有咖啡，就连白开水都得自己倒。我没心思跟她计较，直截了当地问："程桑桑真的溜冰了？"女警："是涉嫌。您姓文，她姓程，你们是什么关系？""纯洁的男女关系！"

62 女警笑问："那我们是什么关系？"我说："警民关系。"女警嗔怒："知道是警民关系，还跟我在这儿贫嘴！"我指指了墙上的大字："息怒，注意和谐。"女警回身看了一眼，墙壁上赫然写着：树立科学发展观，构建和谐新公安。她一转身就泄露了秘密，这姑娘不淡定。我是来救阿桑的不是来调戏警察的，于是端正态度，"姑娘您不大。"

63 女警的脸"腾"地红了。我想她肯定是误会了，赶紧解释道："对不起，我是说您年龄不大。"说完我就后悔了，心想这下坏了，怎么可以说"对不起"呢，这不明摆着告诉人家我意会到了她脸红的原因了吗，真想狠狠地抽自己一个大嘴巴。我以为她会发飙，谁知她竟然舒了口气，有点惆怅地说："我都26了！"

64 估计是惆怅自己快成剩女了吧？可我来这里的目的是解救阿桑，不是拯救剩女。我问："您贵姓？""姓朱。"我郁闷地想：最近自己掉猪窝里了，怎么老是遭遇姓朱的警察。"朱警官，我可以见她吗？""你们到底是什么关系？她说你是她大叔，是直系亲属吗？"我无奈地摇头，"本来应该是的，但她昨晚没给我这个机会。"

65 我觉得自己说的是梵文，没想到她却听懂了，取笑道："真没看出来，这位大叔还挺风流！"我敢断定，她一定是个花痴。可我没心情和她勾搭。正要再问阿桑的事儿，突然有个戴着大盖帽的家伙不敲门就闯了进来。刚想在心里骂声这个警察真没素质，却发现进来的人竟然是昨晚被我整过的那人。真是冤家路窄！

66 我以为昨晚夜黑风高，他根本就没记住我长什么样，何况我今天还换了身衣服，哪知他一眼就认出了我。到底是干警察的，眼神可真好。对视了几秒后他板着脸问："文达书？你小子怎么自己送上门了？"小朱看糊涂了，"队长你们认识啊？"我一听坏了，这家伙竟然是这里的队长，看来要有麻烦了。

67 我不是怕自己有麻烦，我是担心阿桑。本来是解救人家的，这下搞不好非但救不了她，还有可能连累她。株连九族的事儿，我国在上古时期就有了。正盘算着该怎么解扣，却听朱嶝衍说：“何止认识，还很深刻。文达书，曾用名‘文二等’，35岁，二手房产经纪商，二级心理咨询师，二流专栏作家，代表作《二手情夫》。”

68 我听得一愣一愣的，“你人肉我？”“我有比人肉更强的手段，相信吗？别说这些，就连你家猫是母的叫卡夫卡，你助理是男的叫方亮，你秘书是女的叫李筝，你上上个女朋友被老外拐跑你很郁闷，你上个月在西宾酒店开房一个伴儿没找到半夜两点黯然退房，你最近迷恋上了新浪微博，昨天晚上泡一个云南小妞，未遂。”

69 “错，不是我泡妞，是妞泡我！”该死的，大叔我本来就够窝囊的了，你还哪壶不开提哪壶。“嘿，你还来章程了。这儿可是我的地盘，今儿我也没开车没违章没涉黄，你这个堂堂的大公民难不成还想在公安局的问讯室里再玩一次‘执法’的游戏？”他说话时肥硕的大脑袋直晃悠，话语里充满了嘲弄的意味。

70 我十分努力地想在他的表情里寻找一个真相，但失败了，这位仁兄脸部的肉实在是太丰富了，小眼睛被欺负得只剩下一条缝隙，根本看不出他是哭是笑是喜是怒。小朱在一边嘿嘿地偷笑，见我表情怪异地打量着他们队长，顿时哈哈大笑起来。想必她也很好奇朱队长的这张千古绝版的胖脸吧?

71 朱嶝衍别过头去怒视小朱，她笑声立止，清了清嗓子，“队长，咱们说正事儿吧，她是程桑桑的家长。”“家长个鸟！她就是这位爷昨晚没泡上手的那个小妞儿。”小朱的脸又红了，也斜着眼偷看了我一眼。男人的脾气有时候还真是怪，有女人在，面临再大的风险都敢装酷。哪怕这个女人并不好看。我怒道：“死猪头！我没泡！”

72 雷霆万钧。装完酷我就后悔了。这位猪头长官非反击我一把不可！这可确实是在人家的地盘上啊，而且当着他下属的面儿，我这酷装大了。小朱似乎也紧张了起来，很及时地接了句：“你俩别贫了，还是说正事儿吧！”这丫头分明是在帮我解围，有意思！朱嶝衍看了看小朱又看了看我，“是朱头儿，不是死猪头！”

73 我以为自己听错了，直到接出阿桑回到公司都没缓过神来。这位朱队长似乎还挺大度，竟然没生气也没给我小鞋穿，只一句“赶紧带上那妞滚蛋吧！”就把我和阿桑给放了。临走时小朱说：“文先生，你要好好劝下她，以后可别瞎见网友了，根本就不了解对方是什么人，多危险啊！拿着，这是我名片，没事别惹事，有事找警察。”

74 阿桑坐在我办公室的沙发上，望着我哈哈大笑起来，笑得前翻后仰的，压根没把进局子当回事儿。我点燃一支烟，她跑过来抢了过去，叼在嘴里悠然地吸着，还冲我长长吐了口烟，“大叔怎么很紧张的样子？哈哈，好玩儿。原来大叔也有紧张的时候。”我望着她，有点伤感地说：“阿桑，你为什么吸毒？”

75 阿桑狠狠地把烟掐灭，“我没吸！是他们强迫我，我就假装吸了一口。这群混蛋！”“都是些什么人？”“不是人，是衣冠禽兽。一个是制片，一个是导演，还有一群小演员，我是其中一个男孩的脖友，平时在微博里很聊得来，人也挺帅气，我是奔他去的谁知道他把我转让了。他NND，这年月，信帅哥还不如信自摸！”

76 阿桑说完，上扬着嘴角笑了笑，烟视媚行。看得我一阵发呆。阿桑注意到我的失态，凝视着我，“陪我跳支舞吧？”不等我回答，她已经飞快关上门，按下手机键。一曲《Only love》响起来。阿桑的一只手轻搭我左肩，头靠在我右肩上。她的舞姿很柔美，翩若惊鸿。我不由自主地贴近她，随她旋转。这个女人，太像妖精了。

77 沁人心脾的香气散发着，我被这种很温暖、清馨的气息包裹着，完全痴醉了。阿桑伏在我肩上含糊地说："人鱼公主明知道王子不会爱她，可还是……然后就成了美丽的泡沫。"我心头一震，深吸一口气，像哄小孩子一样拍拍她瘦削的后背，轻轻推开她说："傻丫头，别这样。大叔还有工作要处理。晚上我再送你。"

78 我把阿桑送到机场时，已经是夜里10点了。安检前我冲她背影挥手说再见，她猛地转身跑回来，扑进我怀里，环着我的腰抱得紧紧的，低着头，什么也不说。我也搂住她，在她额头轻轻地吻了下，她抬起头，深情地和我对视一会儿，然后在我的右脸上狠狠亲了下，暖暖的，软软的。阿桑轻声呢喃："大叔，你是我亲大叔，我爱你……"

79 爱是什么？回来的路上我一直在想。脖友黛凝说：你是个博爱的大叔。我说是博爱，爱祖国爱人民爱亲人爱朋友爱员工爱微博爱说谎……@BTV黛凝：怎么还全招了？是啊，我怎么就全招了？而这些个爱明显是偷梁换柱，我明白黛凝同学本意指的不是这些，而是一个个鲜活的女人。博爱的另一面则意味着——缺真爱。

80 大叔是个缺少真爱的人吗？我能感觉到在微博里有人在爱着我。而这种爱到底意味着什么，我暂时还无法理清。很多人说，微博里哪来的爱情，别说微博就连这个时代还有多少人相信爱情？与其说微博里有爱情，不如说微博里有奸情更现实。这话我不完全否认，因为这也是事实，微博里时刻都在上演着TQ的游戏。

81 TQ是什么？有两种解释，调情与偷情。具体哪种解释更准确，那完全靠个人的应用。很多时候调情就是偷情的开始。偷情一定也是调情，调情不一定偷情。再纯洁的爱情也是从调情开始的，调情并非贬义。奇怪的是，往往通过微博调情后偷情的，见面后基本都能成功。而通过微博调情后真爱了的，大部分都见光死了。

82 偷情需要的是激情和热情，爱情需要的是样子和票子。偷情是本能是感性，爱情是才能是理性；偷情有的是相呴以湿，爱情要的是相濡以沫；偷情没有负累，而爱情需要责任。所以会有那么多人喜欢偷情，没有承诺没有誓言，激情没了随时可以相忘于江湖。有人说偷情也是爱情，总不能一点感觉都没有见面就上吧？

83 感觉等于爱情吗？错！感觉只是爱情的基本前提。爱情是什么？是你看我时我激动的心跳；是强吻时我承认自己是流氓的幽默；是追你时说你是心肝是宝贝的感动；是做爱时说你是女巫是妖精是骚货后你的快感；是叮当做响的锅碗瓢盆油盐酱醋茶；是常来常往的三姑六婆二舅大姨妈……

84 @文达书：探讨个话题吧，或许沉重。你们说微博里有没有可能发生爱情这种高端的事儿？有没有可能两个人连面都没见过就相爱了，或者暗恋了？拉皮条、包二奶、找小三儿这些不在此列，我说的是真爱（如果还有人相信爱情的话）。为了探询真爱，我发了条极具争议的微博。

85 @xieyue：暂时还没发现有成功案例，呵呵，我以身试法一下。@凉知：呵呵，有想法。@夏小然：嗯，这话客观。@朗读者陈君：并非所有的爱情都高端，并非所有的偷情都低端 。@陶来:问题在于应该相信微博上的爱情会长久吗？@徐小毓:爱情无处不在。@杜洪江：应该会有的。我相信爱情！！

86 显然相信爱情的人居多。只要有生命的地方就会有爱情发生，哪怕这个地方只是个虚拟空间。新浪将微博首页命名为“微博广场”，这个命名真准确，这里不就是个露天市场吗？集聚着草根、牛V和装V的各类人物。贩卖着各种文字，各种声音，各种情感。然而，不管哪类人，只要还是个人，大抵上都是需要爱情的吧？

87 有需求就有市场，有市场就有交易。爱情其实也是交易，而微博无疑是一个不错的交易场所。这里才子佳人有之，寻常男女有之……豺狼与虎豹并存，婵娟与恐龙共舞，良莠参差，盘根错节。美俊耀人眼，风情迷人醉。偷情的、矫情的、乱情的、纯情的，错综复杂的情感故事时刻演绎。但绝对不排除真爱的存在。

88 有人说爱情更像股票，看上去哪只都充满了机会又都暗藏着风险。不真正买入，很难预测它是牛市还是熊市。爱情的开始就是入市，新奇、神秘、紧张。当然，更多的可能是愿景，祈望自己选择的是只潜力股，徐徐升温慢慢涨停，未来永远处于长阳状态，一路飘红。而事实上，任何一只股票都存在风险，爱情也是。

89 话题再次引来了戴蔓参与，也再次令我激动不已。我不知道自己这是一种什么心态。我只在电视里见过她，真人一直无缘相见。喜欢她演的戏，喜欢听她的歌，但我确定不是那种狂热的、病态的喜欢。或许说成欣赏更恰当些。但这种欣赏此刻怎么变得如此令人心跳。@戴蔓：高端？这是您给爱情下的定义？问完，人就闪掉了。

90 戴蔓第二次闪现的那个夜晚，我失眠了。去她微博里看她刚刚织的围脖，感觉到了她的一丝落寞。留言，没回。然后在自己微博里写下几行文字：写封信，发给夜幕。漫天的星，都是我的祝福。希望你能收到、看到、感受到。其中那颗最亮的是我的左眼，就那样宁静地注视你，而我的右眼正在微博里仰望你。

91 我知道这段文字几乎没人晓得我是对谁说的，其实我自己都无法确定。我经常会写一些类似的文字，我称它们为《大叔念》。是大叔独家所有的矫情文字。@玉碧落：嗯，这种风格是只属于你的，一出来我就知道是大叔。总感觉你是对着镜子在说话。博爱，却没人爱，只能自己写给自己。

92 矫情文字收到了很多回复，却没有一条是戴蔓留下的，有点失落。不知她是否还在线，也不知她是否看到了。假如她看了，会有什么样的感受呢？@偶尔风尘：很喜欢大叔的矫情文字，不知道这是写给谁的，真让人羡慕。好吧，就当是写给我的好啦，自我陶醉下。收到最后一条回复已近凌晨两点了。

93 “夜那么空寂，房间那么空旷，我那么忧伤地读你。读你，每一个字都能牵动神经。你写下了十二个字符。或许那不是字符，是我十二次的心跳。就这样枕着这些心跳二二地睡去。”下线之前，我又矫情了一段文字出来，然后关机，然后洗澡，然后在黑暗中睡去。一夜无梦。或许有，却被自己刻意忽略掉了。

第四章 chapter four 欲

请给我一个虚妄，飘渺地幻化出万千马甲，任何人的真实；请给我一个象征，静静地思考一种权力，任何人的主宰；请给我一个痴念，让我彻夜无眠，呆呆地想象一笔横财，任何人的崇拜；请给我一个欲望，让我彻夜无眠，暖暖地思念一个女人，任何人的女人；请给我一个欲望，任何人的虚妄。

——《大叔念》

94 再次接到糖果私信的时候，已经是又一个午后了。这段时间她似乎蒸发了，一直没在微博里出现过，也没有任何的联系。或许她一直都在，只是不说话，不想说，不方便说。或者一直用马甲在说。想到“马甲”，心里不免苦笑了起来。这里又有多少人不是在用马甲说话呢？谁又不是马甲呢？谁又是谁的马甲呢？

95 这原本就是个“被马甲”了的时代。即使通过了实名认证的人，又有几个不是用另外的马甲展现着最真实的那一面呢？马甲是什么？马甲就是派对舞会上的面具；马甲就是撤掉了遮羞布的真我；马甲就是挣脱了躯壳束缚的魂魄；马甲就是跳出五界外的七十二变；马甲就是去伪存真的现实主义。马甲虽好，多用分神。

96 心理学家说：马甲是神经的分裂；哲学家说：马甲是真我的再现；佛学家说：马甲是无我的菩提；儒学家说：马甲是圣是贤是无数个子；道学家说：马甲是万象是无数个孙子；法学家说：马甲是法是术是势是变……大叔说：马甲是任何人的化身，别小看了它，很可能刚才和你调情的那个家伙，就是某位大神的马甲。

97 糖果：大叔，好些天没来读《大叔念》了，想念！

发送给糖果：谢谢想念，是有日子没见你冒泡了。是一直没上线，还是一直用马甲潜伏在人民群众当中？糖果：这……好吧好吧，大叔火眼金睛，糖果不敢隐瞒，我承认偶尔会用马甲出来说几句话。糖果难为情嘛！

98 发送给糖果：难为情？为什么难为情？糖果：大叔好坏，明明知道糖果是为什么难为情，还问。发送给糖果：哦——我想起来了，是因为那句“大叔我可以爱你吗”而难为情对吗？呵呵，抱歉抱歉。糖果：还说？不理你了！对了大叔，你有没有想糖果？

99 “你有没有想糖果”，这令我突然意识到一个非常复杂的问题，是啊，我想没想她？似乎想了，因为我想微博里每一个有故事的人；又似乎没想，因为微博里几乎每个人都有故事，以至于没了重点。那就算是我想微博了吧！因为微博是无数个糖果无数个故事的集散地。即便我每天不是在微博上，就是在博友的聚会中。

100 我参加过许多次博友聚会。这是微博衍生的社交新趋势，通过微博随时随地可以组织或参加各种party。媒体圈、IT圈、营销圈、作家圈、娱乐圈……这些圈子的party我几乎都参加过。与脖子们在线下更近一步地接触、交流。促进感情，增进友谊。无形中也扩张了人脉资源，拓宽了视野。微博的兴起俨然是一次社交革命。

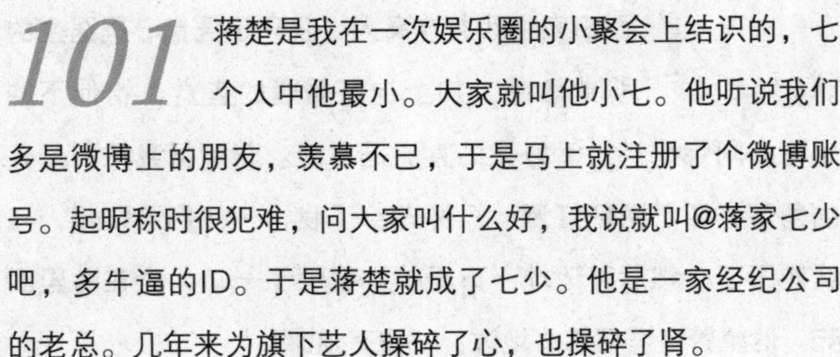

101 蒋楚是我在一次娱乐圈的小聚会上结识的，七个人中他最小。大家就叫他小七。他听说我们多是微博上的朋友，羡慕不已，于是马上就注册了个微博账号。起昵称时很犯难，问大家叫什么好，我说就叫@蒋家七少吧，多牛逼的ID。于是蒋楚就成了七少。他是一家经纪公司的老总。几年来为旗下艺人操碎了心，也操碎了肾。

102 蒋楚看上去很洒脱，穿着时尚，举止稳练，话语周详。尽现成功人士的睿智与油滑。可他却偏偏说自己活得很紧张，很抑郁。听说我曾是心理医生，就黏上了我。我说我已经不做心理咨询好多年了，偶尔做，也只是给一些美女做，当消遣的。他风趣地说：“大叔我求你了，你就把我当成美女给做了吧！”幽默之极。

103 但凡幽默风趣的人，要么是个豁达乐观之人，要么就是个极度自卑的人。反差很大，甚至很极端。蒋楚说自己得了抑郁症，很多人都当他是说笑的，而我并不这么看。我直视他的眼睛，缓缓地又不可抗拒地问：“你自卑什么？”蒋楚愣了下，然后左右环顾，见并无旁人听见，便低着头小声说：“大叔高人。”

104 而事实上我并非高人。我只是凭借心理医生的职业敏感，加上神经质般的直觉，给他下的定论。阿弥陀佛，幸好我的直觉是对的。蒋楚把我请到无人的角落，叫了两杯红酒。一杯递给了我，一杯自己端起，与我碰了下，然后豪迈地一口干掉。我呷了一口，含在嘴里回味。他望着空酒杯悠悠地说：“我有洁癖！”

105 噗！一道酒雾从我嘴里喷射而出。可惜了这口好酒。我笑道：“小七，你还真笑喷我了。洁癖怎么了？用得着自卑吗？我认识一个女作家是个洁癖狂人，出差都得自己带行李，上厕所都使用一次性马桶坐垫，饭碗一天都用酒精洗三遍，嫌弃老公总爱嗑瓜子一脚就给踹离婚了，人家都洁僻成这样了也没自卑啊！”

106 蒋楚连连摆手，“不同的，那不同的。我倒是出差不用自己带行李，上厕所也不用一次性马桶垫，洗碗也不用酒精消毒，更不嫌弃谁嗑瓜子，这些我都无所谓的。我的情况比较特殊，特殊到超越了你的想象范围。即便你是心理医生，你是作家，你见多识广，你也绝对想象不到我的洁癖有多么多么特殊。”

107 聚会结束后，我随蒋楚去了他的公司，在他办公室里我们来了个促膝长谈。算是现场诊断吧！这是我金盆洗手放弃心理医生职业以来第一次正式出诊。也许是酒喝得多了些，刚进办公室，他就哗啦一下，把金柜打开了，冲我一扬手豪迈地说："大叔你看好喽，只要你能帮我调理好，这满柜子的钱就全归你了。"

108 钱是什么？钱是能让磨推鬼的符咒；钱是能让猪变人的巫术；钱是撬开手铐的万能钥匙；钱是嫦娥倒追猪八戒的仙侣奇缘；钱是女人爬上煤老板床的幸福生活；钱是阳光少年杀亲灭族的人间悲剧；钱能救苦救难钱能作威作福；钱能创造生活钱能毁灭世界；钱不是万能的，它是全能的；我不姓钱，钱是我大爷!

109 蒋楚说："钱是阳痿犯，谁多谁软蛋。如果鸟坚挺，宁愿去要饭。"蒋楚这番醉话透露了一个重要信息，他——废了。蒋楚挺帅，风流倜傥一表人才。180的个头，很Man很有形。然而有形的外表下，掩藏的却是一只难以成型的鸟……

110 蒋楚说钱对他来说就是个屈辱。"我一个鸟残患者，除了赚钱我还能干什么？大叔你还真别笑，知道为什么有那么多的爆发户，那么多的牛逼开发商吗？他们除了有门路有后台有头脑，更重要的是没了性欲。鸟残了，脑袋就更灵光了。一些正常人整天研究着把谁搞上床，而他们成天琢磨的是把哪个领导拉下水。"

111 欲望是人之天性。食欲、性欲、利欲至少要占上两样。食欲必然要有，这是本能更是机能，不吃饭谁都知道饿，长期不吃饭任谁都得饿死。性欲也是本能和机能，不做爱谁都憋屈，长期不做爱容易憋屈死。可是当性机能失效时，性本能再强烈也是干着急。不想被急死就得转换，于是性欲的近亲——利欲就成了替代。

112 利欲是什么？利欲即私利，是金钱欲与权利欲之和。对于普通人来说，赚钱比当官更容易实现。于是，多半ED患者都选择了淘金。用金钱满足利欲，用利欲替换性欲。性欲与利欲两种本能的叠加，不是简单的1+1=2的量变，而是在变2的过程中发生化学反应后导致的质变。因此，ED患者比正常人更会赚钱，也更黑心。

113 ED分两种，功能性和器质性。蒋楚是后者。也就是说，他完全是心理原因造成的，而非生理机能出现了问题。毕竟他才二十七八岁，年轻着呢。他的问题确实是出在洁癖上。前面说了，别人用酒精给碗消毒，而这位仁兄用酒精给那里消毒，每做之前，自己要消毒，女方也要消毒。这是件很高难的活。

114 终于有一次，蒋楚碰到了对手。那女人比他还洁癖。他最多是给下面酒精消毒，而这猛女更变态，要求双方先用酒精漱口，然后再热吻。满嘴的酒气弄得蒋楚几乎晕厥，麻木的舌尖根本搅拌不出任何快感。舌头没感觉，就触动不了其他兴奋神经。包括那只原本展翅待飞的大鸟，早已垂头丧气地蜷缩了起来。

115 自此，蒋楚有了心理阴影，任凭他如何努力，每每都是以失败告终。猛女拨拉着他的小鸟嘲笑道：“还以为你冲锋陷阵的啥阵势都见过呢，弄了半天，也就一纸上谈兵的货色。”蒋楚正郁闷着呢，听她这般嘲弄自己，很是愤怒，伸出手掌想狠狠地扇她一巴掌，转念一想，到底还是自己的不是，作罢。

116 蒋楚就这么废了，对于一个还不到30岁的年轻人来说，实在太悲壮了。我不免心生怜悯，问他：“此女还能找到吗？”“能，昨天还在电视上看见她在某组剧拍戏的新闻呢。”“呵呵，看来你还挺在乎她的啊！连动向都掌握着。你恨她吗？”见蒋楚点头，我说：“理解。我知道该怎么办了，咱们明天就去探班。”

117 第二天上午，去往影视基地的路上，蒋楚开车，我玩微博。收到两条私信，一条来自舟舟，问我无花果收到了没有。还说她老公依然打她，依然打得她皮开肉绽，她说自己已经麻木了，忘记了什么叫做疼痛。每次挨打时都会想到我，一想到我就什么都不怕了。另一条私信来自阿桑：大叔，好想你。亲人般地想。

118 亲人就亲人吧，总比什么人都不是强。好歹也比蒋楚好过些啊！想到这里，我偷着瞄了他两眼。别说，这小子人模狗样的，看上去还真挺爷们儿。只要不说，任谁也不知道这是一只废鸟。外表看上去不仅爷们儿，还很绅士。典型的正派成功人士，怎么看都不像个小色鬼。也是，都这样了，不装正经还能装什么？

119 提起无花果，难免百味杂陈。那夜，我曾泪流满面。边咀嚼着无花果，边感叹舟舟的命运。或许，就在香甜被我咀嚼的同时，舟舟自己却正在忍受着精神与肉体上的无尽折磨吧？无花的果实，伤心的馈赠，怎能不叫人沉重和悲痛。那夜，我曾憎恨过所谓的“道德”，假如没有这个枷锁的束缚，舟舟将会怎样？

120 是的，我一直坚信舟舟的遭遇是真实的。一直觉得，她不仅仅是遭遇了家庭暴力那么简单，她更是遭遇了道德暴力。她被五千年的传统思想绑架了。她挣脱不掉的不是家庭，而是思想的束缚。她的思想被孔子老子孟子各种子的道统完全固化着，她墨守陈规。她逃不出的不是家庭囚笼，而是精神的禁锢。

121 到影视基地时已经是正晌午了，俩人都饿了，蒋楚说大叔咱们先吃点东西再去找她吧，我这一饿心里就没底，特慌。我照他脑袋拍了下，“想什么呢？吃饭？咱们不就来请她吃饭的吗？你先吃了，那能算心诚吗？按我说的做，把花篮拿上，进去找她出来。然后去吃饭，吃完去开房，进房间就狠狠地扇她一个大嘴巴！”

122 “扇——她？！”蒋楚惊讶地看着我，以为我在开玩笑，“大叔您可别拿我开心了，我哪有那章程啊！再说咱好歹也算是有头有脸的人物，怎么能打女人呢，那也太不开面太不爷们儿了啊！”我一听就来气了“你丫脑袋给憋出毛病了吧？你不扇她就爷们儿了？就有面子了？还他妈有头有脸，那脸能当鸟用啊？”

123 显然我的话说得重了些，蒋楚耷拉着脑袋默不做声，看样子很不爽。也许我的话伤害到了他，我赶紧把口气缓和下来：“小七，大叔就是个直脾气，说话不管不顾的，你可别多心啊！”蒋楚抬头看我时，我发现他眼眶红了，弄得我心里也很不舒服，拍了下他肩膀，“别怂，按大叔说的去做，我保证你威猛起来！”

124 “能行？”“能行！我好歹是心理医生，相信我，也要自信。人只有精神硬起来，一切才能硬起来！你就按我说的来，先狠狠地扇她一个大嘴巴，然后把她扔床上去，也别消什么毒了，直奔主题！相信我，你行的！”我反复给他心理暗示，反复强调他行，能重振雄风，这是心理治疗的重要手段。

125 在心理暗示下，好腿都能被忽悠瘸了，何况一只耷拉膀子的小鸟。在我的鼓动下，蒋楚萌生出一股豁出去的豪迈，信心满满地拍拍胸脯，又狠狠地握住我的手，边摇晃边激动地喊：“信大叔，不认输！我行的！”然后捧着花篮义无反顾地向剧组宿舍的方向走去。大有金戈铁马征敌寇，壮志未酬不复还的豪情气概！

126 蒋楚走后，我再次打开手机微博。收到很多留言，很多人问我怎么消失了。一种感动油然而生。想想自己差不多有20个小时没在微博里公开说话了，难怪大家会惦记。微博有时候就是这么可爱，你话多时，大家嫌你是话痨。不说话时，大家又会想你。微博是个有温度和温情的玩意。是个小社会，也是个大杂院。

127 用手机对着影视基地的大门拍了张照片，发了条彩信到微博上，告诉大家我在某剧组帮人治病呢！随后，立即收到几条回复。@Roger：大叔冒充江湖郎中骗明星去了？@夜迷Yemi：大叔和剧组的人熟吗？帮我安排个角色吧，什么角色都行哦，要不要先跟大叔潜规则下啊？哈哈。@偶尔风尘：你在影视基地?!

128 夜迷是个奇人，她认识很多稀奇古怪的动物，了解各种动物的本性、特征。她甚至可以根据动物的某种反映，预测到地震。尤为神奇的是，她虽远在广东，却可以判断出地震是在双鸭山还是在唐山。我以为她是动物学家，她却说自己只是从小喜欢看赵忠祥主持的《动物世界》，属于自学成才。由此，我钦佩起她来。

129 神奇的动物世界给了人类太多的惊喜，也给了人类有关性本能方面的启示。夜迷说：“性原本就是本能的、自然的，用道德与法律来管制和束缚性生活，本身就是违背生物本能、违背自然进化规律的。动物是这样，人类更是这样，谁也不该违逆自然规律。”因此我在钦佩夜迷的同时，一切释然。

130 夜迷的观点曾令我耳目一新，我从来没觉得动物会给人类带来如此深层次的思考和辨证，由此，我对她的话向来是认真对待的。@夜迷:“大叔，我是认真的，如果你认识导演神马的，帮我介绍下呀，你给我E-mail，我发简历和照片给你，我敢保证不会给你丢脸，至少我不比网络上红起来的那些女妖怪们差！”

131 夜迷所说的网络红人大概是指在网络上靠极端的炒作方式和超人类的自信心而走红的那些人。在我们看来，她们是靠恶俗成名的，而在她们自己看来，一切人类不可理解的行为都是艺术行为，为艺术献身献丑并不可耻，可耻的是那些非把艺术当色情的网友。

第五章 chapter five 初

请你俯视，端详我的双眸，看初潮上涌多么温存。请你俯视，仔细我的双眸，瞳孔里初映的弧线，是你生动的唇。请你俯视，初识的姑娘，请允许我仰望你，给你浅浅的吻。

——《大叔念》

132 正陶醉于思考“行为艺术”时，蒋楚回来了。也不知道他到底用了什么样的手段，还真把人给带了出来。咦，这美女咋这么眼熟？没等我细想，蒋楚便对美女献媚道：“这位就是围脖名人文达书，代号大叔。”那美女听罢，嫣然一笑，大方与我握手，“哈哈，这个代号真强大，见人就大一辈，大叔你好，我叫戴……”

133 “戴延！”我震惊得脱口而出。这惊艳得简直像仙子般的尤物不是戴延还能是谁？难怪蒋楚对她这么上心，就这身段，这样貌，这眼神，搁谁都会动心。而越动心就越喜欢，越喜欢就越紧张，越紧张也就越容易出问题。我昨晚还跟蒋楚说，你要放松，过分紧张也容易让男人在自己喜欢的美女床上出糗。

134 我震惊的不仅仅是戴延的美艳，还因为她是戴蔓的亲妹妹。想到戴蔓百感交集。她们姐妹长得还真挺像，只不过从电影里看戴蔓比她更清秀些，更乖张些，更有内涵些。虽然同为艺人，戴蔓比戴延的负面新闻也相对少了许多。却不知性格有多少异同，喜好有多大差别。想到戴延的变态洁癖，我猛地一激灵。

135 “大叔，您不舒服吗？”戴延眼力不错，看出了我的异样。我摆摆手，努力地挤出一丝笑容，“没事儿，天似乎有点冷。咱们还是找地方喝酒去吧！”蒋楚道：“那咱们上车里等吧！”我疑惑道：“等？还有别人吗？”戴延抢答道：“必须有啊，还是位绝世大美女呢！大叔来了，光有美酒没有美女那多失礼呀！”

136 果然是演员，瞎话张嘴就来。虽是说笑，听上去却也挺美的。我到底也是个俗人，也喜欢用别人的恭维来填塞自己的虚荣。天空突然飘起了雪花，漫天的白。无奈，三月的北京无法存住这份洁白，一着地就融化成了雪水，乌黑寡淡。陡然想起，今天原来是白色情人节，于是这雪便多了几许意味。一如不期而遇的你……

137 “啪”地一声，手里正把玩的手机滑落，机体崩离，看样子是报废了。他大爷的，见美女是要付出代价的！蒋楚一边帮我拣拾尸骨不全的手机，一边嘿嘿傻笑。戴延却比他爽朗得多，爷们儿似的仰天大笑，眼泪都笑出来了，弯腰捂着肚子安慰我：“大叔，淡定，要淡定！”汗，看来我这根老油条算是糗到家了。

138 而更“杯具”的是，这一幕，恰好被赶来的美女尽收眼底。她掩嘴偷笑，揶揄道：“呵呵，这位大叔，您至于吗，竟然用摔手机的方式抗议我的到来？”那一刻我脸皮发烫，心脏突突跳个不停，心里不停地默念，要淡定，神马都是浮云……爷我连猪瞪眼都不怕，还在乎你个小美女吗？文达书，你给我站直喽！

139 其实，我应该早就猜到来人会是谁，只是光顾着替蒋楚研究戴延，顺便享受着美女的恭维了。看来得意真他娘的忘形！我这个愤恨啊，不就是个美女吗？不就是个博友吗？不就是个明星吗？不就是个戴蔓吗？大叔我啥人没见过？瞧我这点出息。想到这里，我咬牙跺脚，狠狠地说：“走，咱们吃饭去！”

140 万万没有想到，和戴蔓的第一次接触竟然是在这种场合下，来得那么快那么突然。这就是所谓的机缘巧合吧！戴蔓的样子比我想象的还要漂亮些，个子高得完全超出了我的“预算”。鞋根还细高细高的，这样看上去比我要高出一些。真是想象不出，在片场穿这么高跟的鞋图个啥？也不怕崴了那双玉足？

141 “呵呵！”戴延妖媚地笑道：“大叔，这位美女就不用我帮忙介绍了吧？听说你们可是老相——识了呢！”戴蔓笑骂：“就你嘴欠！等下非让蒋楚狠狠收拾你不可。”然后向我主动伸出玉手，“您好，文大叔！真没想到在这里遇见了您！”瞬间老脸再次发烧，我激动地抓住她的手，执手相看，竟然半天无语。

142 事后经过蒋楚的告密，我才知道，原来戴延本不想理睬蒋楚，但蒋楚说没别的事儿，就是来探班请你吃顿饭慰问下，顺便给你介绍位牛人，特有名，特不正经的著名的围脖大叔文达书同学。戴延哪知道文达书是何方神圣，倒是被同在一个剧组拍戏的戴蔓给听到了，“是新浪围脖里混的那位文大叔？”

143 还真是机缘巧合，没想到由于蒋楚提到了我，恰好戴蔓又与我在微博里熟悉，在她的鼓动下，戴延才同意大家一起聚一下，并邀请姐姐戴蔓陪同出席。于是，我就稀里糊涂地成了他们聚会的“纽带”，把大家串到了一起。离影视基地最近的一家能吃能住能玩能娱乐的酒店在3公里之外，我们同驱一车风驰而去。

144 如果时光可以倒流，你最想做什么？想必，有一千个文达书就会有一千种答案。但所有的答案，都将与过失有关。谁的人生都不曾完美，谁的岁月都会留有遗憾。而时光根本无法倒流，唯一能做的就是将遗憾珍藏。就像一只豁了口的搪瓷罐，残缺地美丽着。没错，很多人都是一只豁口的搪瓷罐，大叔亦然。

145 戴蔓曾在微博里发过一张美妙绝伦却豁了口的搪瓷罐图片，和一段美妙的文字："如果我是，就是这瓷罐，我愿坚守残缺，等你路过。"我手欠，就回了句："如果我爱，就爱这豁口，我愿化身瓷泥，补你残缺。"戴蔓回复我："真美，美到矫情。"这是我们第一次的对话，而此刻她就坐在我背后。恍惚间时光已然交错。

146 吃饭的时候，戴蔓起初还热情洋溢地，后来她出去接了个电话，再回来的时候就心不在焉了。淡然得与先前判若两人，似乎有什么心事，任我们仨一边饕餮吃喝，一边海阔天空地胡侃。我便向她举起酒杯，她端着红酒朝我晃了晃，象征性地抿了一小口，又继续玩起了心不在焉。沉默的样子与现场气氛极不和谐。

147 倒是蒋楚和戴延，互相频频举杯。打情骂俏。嘻嘻哈哈。小动作不断。就像初涉爱河的一对小情人。这让我有了一种错觉，好像他俩根本就是一对从来都没分开过的热恋情侣，互相之间根本就没发生过什么不愉快似的。相反，俩人更像似刚刚激情大战了三百回合，很淋漓尽致，很美满幸福的样子。真是奇了怪！

148 戴蔓的沉默与淡然令我很压抑，心里有种说不出的烦躁感。一口干掉杯中酒，假称头晕，一个人躲进车里昏昏睡去。当我醒来的时候，天都要黑了。一看表，17点一刻，我的天，我竟然睡了近四个小时。透过车窗，确认车还是停在酒店门口。看来蒋楚直接就在这儿开房了。这么久没回来，应该是搞定了吧？

149 酒店的霓虹早早地亮了，点燃了夜的序幕。几乎就在同时，酒店的门口热闹了起来，车水马龙，熙熙攘攘，好一派歌舞升平。落下车窗，无聊地注视着进入酒店的每一个人，形形色色的人。这些人里面有多少是北京人，又有多少是北漂？他们笑着，寒暄着，有多少是真诚的，又有多少是无奈的？风起了，有点凉。

150 想到北漂，便涌起一阵悲凉。一个叫做曾庆香的陌生人，曾经来过。而他又走了，却去了天堂，他把热血洒给了这片热爱过的土地。@点点寒冰：被称做陌生人的曾庆香，为救央视记者非亚而献出了自己的生命，其父听闻噩耗悲痛过世，当地政府拒开追悼会，现用其患有心脏病的幼子之名设立账户，募集丧葬费。

151 与拍客点点寒冰是在一次聚会上熟识的。他少言、少烟、不沾酒、不K歌。点餐时我说这么多爷们儿哪能没一个王八呢，来道甲鱼汤吧。好友@编剧导演于峰开玩笑说：寒冰不喝酒不爷们儿，因此王八堆里没有他。寒冰听了只是笑笑，有点腼腆。而他为曾庆香的事儿辗转南北，拍下了不少感人的视频，表现得很爷们儿。

152 已经六点了，蒋楚还没出来。继续浏览进进出出的食客，继续思绪飘忽，有点落寞。这时过来一个老道，趴在车窗上问我："先生占卦吗？"我摇头表示没兴趣。他凝眉道："你祸事了！"我知道他是在吓唬我，欲诈钱财，索性给了他20块钱请他离开。他接了钱说："遇王而乱，遇蕃则宁！"转身离去。啥意思？我要造反？

153 反复默念着"遇王而乱，遇蕃则宁"，却始终不得其解。想上微博请教高人，才发现手机还真摔坏了，根本无法开机。正郁闷时，蒋楚神采飞扬地出来了。我下车迎上去，他突然搂住我肩膀激动地说："大叔，您真是高人啊！"毫无疑问，我的馊主意生效了。我推开他，"看把你得瑟的，不就鸟大点事吗？上车。"

154 拉开车门把蒋楚塞进副驾驶位置，"我开吧，我怕你得意忘形把车当飞机耍。"坐好后，他小心地问："大叔，有情况？"到底是奸商，眼力不错。我反问他："遇王而乱，遇蕃则宁，何解？""什么王啊蕃啊的？没听懂。"我便把刚才被算卦的事儿告诉了他。"大叔您这不是骂我吗？我哪懂这个啊！"

155 我让蒋楚用手机上百度查一下出处，结果什么也没查到。他便发微博向高手求证，很快就有人回复了。@蓝色经典当铺：遇王而乱，遇蕃则宁。是说怕王而敬畏之，见王就会手忙脚乱。不惧蕃并藐视之，见蕃内心自有安宁。@花葬者：此乃天子之相啊！王见了哪有情愿让禅的，杀必乱；蕃遇了哪有不追随的，护而安。

156 遇王而乱，遇蕃则宁。谁是王？谁是蕃？于我，仍然困顿。显贵是王，百姓是蕃？白领是王，民工是蕃？有户口的是王，办暂住证的是蕃？地产商是王，房奴是蕃？带V的是王，草根是蕃？被爱的是王，暗恋的是蕃？我是王之祸，蕃是我之福？乱。是福不是祸，是祸躲不过，既然不解，那就顺天应地随人意吧！

157 蒋楚用我ID登陆微博将这段“大叔冥想”发了出来。@王蕃：哈哈，这是在说我吗？被隐形在大叔的文字里，真开心。呵呵，听蒋楚念到王蕃的回复，我笑道：“真他妈巧。”蒋楚说：“真神奇，这么巧的事儿也有。呦，还是位美女主播呢，大叔艳福不浅啊！”“浅你个头！”“浅我头没意思，能耐您浅她个头……”

158 和王蕃是在@酒红冰蓝的微博里认识的。那天晚上，我请来北京开会的酒红吃饭，她吃得高兴，就跑到微博里拼命地夸我，说我如何如何MAN，如何如何绅士，推荐大家关注我。@王蕃：既然这么绅士，那就等他来关注我吧。于是我就二二地粉了她。至今尚属纯洁的男女博友关系，未越雷池半步。唉，没机会啊！

159 按着王强蕃弱的定律，在医患之间，医生就是王，患者就成了蕃。虽然我只是个不入流的心理医生，但是谁让你成了我的患者呢，因此很抱歉，请您乖乖地选择屈从。这就是“遇王而乱”的道理。当蒋楚拿王蕃开玩笑时，我就说了句够他乱上一辈子的话：“滚，再胡说，小心老子再开个方子，让你永远残废！”

160 果然，蒋楚忍着笑，没敢再言语。我意识到自己的话有点过了，赶紧转移了话题："对了，你今天战况如何啊？"我一发问，他立刻来了精神，骄傲地笑出了声："哈哈哈，报告大叔！今日，我方共发起三次总攻，炮火十分猛烈，高潮空前迭起。虽然我方损兵无数，但最终还是将敌寇彻底剿灭，成功将其虏于胯下。"

161 看蒋楚忘乎所以的兴奋劲儿，我打心眼里替他高兴。这小子还真找回了尊严，恢复了威武。我忍住笑，淡然地说："看把你美的，我让你汇报战况，谁让你显摆战果了？""战况？""过程！""也没什么过程啊，一进房间，我就按你说的，狠狠地扇了她一巴掌，然后把她抛到床上，接着就直奔主题了啊！"

162 我终于没忍住，哈哈大笑了起来。蒋楚也跟着傻呵呵地笑着。这一刻，已经很难在他身上再找出成功商人固有的那份世故与奸猾了。傻呼呼乐颠颠的样子，根本就是个阳光灿烂的大男孩。十分可爱，着实有趣。我不禁也佩服起自己来，我这个不入流的心理医生，竟然还真把他生理和心理的疾患给一并治愈了。

163 我不提倡打女人。打女人的男人很不爷们儿。之所以让蒋楚打戴延，那是因为她变态得确实欠揍。据说蒋楚打了她，她还很享受的样子。于是，蒋楚征服了她，也赢回了自己。脖子@蒋松鹤：打一次叫征服，打两次叫喜爱，打三次叫习惯，打N次叫SM，打到忘乎所以那是性暴力。此事常人难以掌控，请勿擅自模仿。

第六章 chapter six 乱

每一个活生生的夜里，那些无耻的孤单，必将蜷缩在枯灯下，躲避黑暗。你怕看见自己的影子，而你必须和影子说话，每一句话都途经着伤痛。你说生活为什么是黑的，黑得就连自己都找不见了自己。你想挣扎，你想抽离，可你浑身无力，想逃，却逃不脱自己。你以为你死了，而你分明活着，你错乱的样子忽隐忽现。

——《大叔念》

164 慢慢悠悠地开着车，嘻嘻哈哈地说笑着，我问蒋楚："戴蔓呢？""啊？你不知道吗？你一走她就离开了啊！我还以为她跟你走了呢！""没有。我出来后就直接上车睡觉了。""嗨，我还跟戴延打赌呢，说你俩肯定开房去了，猫了个眯的，我输了。""切！头回见面又不是很熟，更没啥感情基础，我们开哪辈子房啊！"

165 蒋楚看火星人似的看着我，"不熟不开房？开什么玩笑，围脖这么乱，装纯给谁看！常言说日久生情，大叔你不喀嚓她，哪来的感情啊？""胡说八道，你小子和戴延之前不也没喀嚓过吗，你怎么还对她一往情深呢？"蒋楚叹息道："唉，是怨不是爱，是恨不是情。在谁床上跌倒就在谁身上爬起，爷们儿那是不服输。"

166 这还不到一天，鸟残体就升华成了哲学家？我笑而不语。蒋楚继续摆弄手机，“大叔有您两条私信！”“念。”“真的？哈哈，那我可念了啊……嘿，围脖女王都跟您私信啊？@姚晨：文老师好，‘遇王而乱，遇蕃则宁’，写得很好玩，我转了。@苏丹丹V：大叔，我率全班同学研讨了您的文字，整节课气氛很High。”

167 念完私信，蒋楚颇有感慨：“大叔，您说就您这么个干巴小老头儿，怎么就那么有人缘？明星关注您，师生研讨您，估计还有美女暗恋您吧？”“你丫才干巴，有你那么说话的吗？你咋不说我是木乃伊呢！”“您要真是木乃伊就好了，那玩意儿可值大价钱。”“哈哈，得遇如此损友，是不幸还是不幸还是不幸呢？”

168 到现在为止，我和蒋楚算是朋友吗？朋友，什么才是朋友？在我看来，所谓朋友，就如同数学符号中的等号、对号和错号。两条原本互不干涉的平行线，在人生的某个拐点上发生了碰撞。撞对了，就成了勾；点错了，就成了一个血红的叉。而朋友之交不能靠等待，对与错，真与假，得与失，总是要走上几步才能见分晓。

169 正胡思乱想的当口，蒋楚抬头说：“大叔，杜子建私信邀请您出任‘赈旱2010新浪微博网友大型赈灾义演’总策划，您是答应还是答应还是答应呢？”“赈灾义演？好事！必须答应。不光我答应，小七你也得参与，你不是嫌自己钱多烧得慌吗？这下正好拿钱献爱心干点人事儿，再把你们公司能拿得出手的艺人带上几个。”

170 用蒋楚手机和杜子建通电话确定了下情况，他说云南那边旱得地都裂了，情况危急，那里的孩子们渴啊！我听得心里沉重，表示自己一定参与。又给助理方亮打了个电话，让他连夜组织人参与义演策划，并指示他：“《中国策划》杂志答应给我上的人物专访我不上了，你让他们把那个版面捐出来现场拍卖吧！”

171 杜子建原本是个争议颇多的人，因此他发起这样一个大型的公益活动，肯定会引发博友的各种猜疑，压力也就可想而知。我说："杜爷，挺住，别管别人怎么看你，只要把事情干得漂漂亮亮的，就算天塌了，哥儿们跟你一起扛。"不管他曾经如何，但能在大灾时期有如此大爱之心，就值得去支持和敬重。赈灾无罪。

172 放下了电话，却放不下沉重。就在我们糟践资源，浪费水电的同时，云贵地区的同胞们却正在忍受饥渴。想想那些可怜的孩子吧，想一想他们，我们谁都该沉重。哪怕如我这般百无一用、吊儿郎当的一介普通博友，都已经揪心如此了。那些花天酒地的大老爷们，纸醉金迷的败家子们，他们会沉重吗？

173 进入市区时，我看时间尚早，直接把车开到了杜子建的公司。杜子建正在召开义演筹备会。见我突然造访大受感动，眼眶有些红了。给了他一个最哥们的拥抱，二话没说，立刻投入工作。与总导演@张风山，执行导演@编剧导演于峰，现场导演@潇月的导演随笔，就演出细节进行了沟通和探讨。大家热情高涨。

174 潇月是专业晚会导演，一个爽朗、大气的东北姑娘。独立策划、导演过诸多晚会，经验丰富，八面玲珑。见我到来，她兴奋地扑了过来，握手、拥抱。@潇月的导演随笔：“大叔，您能来真是太好了。”她曾执导过“5·12赈灾义演晚会”，对募捐类晚会有相当丰富的导演经验，便在会上提出了诸多独到的议案。

175 晚会的诸多环节都得到了落实，最后只剩下一个最最核心的问题难住了大家，现场募捐的善款谁来监督？于是所有的目光向我投来。几乎异口同声地说：“大叔，这活只有你干我们才放心。”蒋楚听得着急，趴在我耳边奉劝道：“大叔，可不能接这个差事啊，钱的问题太敏感了，干好了无功，干不好是要倒大霉的。”

176 接还是不接？我在心里激烈思量着。有些紧张，有些不安。我站起来，将手中烟头掐灭，望着那一双双信任的眼神，坚定地说：“接！”于是，善款监督委员会成立了。由我和@刘芮东@黄震@雨风飞扬以及八名大学生自愿者、八名专业保安出任监督委员。我对委员们说：“这是广大网友赋予我们的使命，其责重于生命！”

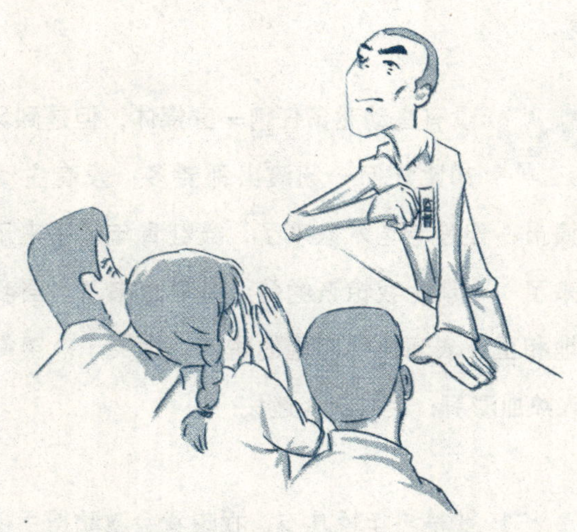

177 劝阻无效的蒋楚拍着我肩膀感慨道：“没有比您更大的胸，没有比您更宽的怀！胸怀宽广的大叔，纯爷们儿！”我甩掉他的手，“胡扯，这都哪跟哪啊？”“可能词不达意，可我是真诚的。您在我心里已经伟大到了牛X！我崇拜死您了。这辈子我跟定您了。”“别，我怕被你忽悠死。”

178 在广大脖子们的共同努力和支持下，经大家群策群力，一场没有领导，没有名人，只有网友，只有平等，只有爱心的赈灾义演晚会经过紧张的筹备，终于拉开了序幕。在三个小时的演出现场，共为西南灾区募集到了二十四万余善款和大量赈灾物质，药品、衣物、食品、矿泉水什么的，堆积如山。此景感人……

179 没有主动邀请任何一家媒体，但是到场的记者却比任何一场演出都要多；没有主动邀请任何一位演员，但是老艺术家来了，当红青年歌手来了，大牌主持人来了……最令我惊奇的是，戴蔓也来了。当我站在台下惊诧地和正在表演的她对视的瞬间，她笑了。笑得那么灿烂，令人热血澎湃；笑得让人迷失……

180 要是再年轻几岁，我想我会激动得手捧鲜花冲上舞台，给她拥抱，然后对她说："戴蔓，舞台上的你才更像真实的你，那么阳光，那么青春，那么激情，那么飘逸。"而我没有冲上去，只是有些激动，激动到心乱。蒋楚显然比我激动得多，他和大家一起群魔乱舞，跟着戴蔓一起高唱《有一条路》……

181 "有一条路，只要踏上就无法回头望；有一条路，只有上帝知道它通往何方。不管背着多么沉重的行囊，你在怎样的奋力抵抗，既然上路就无法归航。不管出发时多么桀骜，不管年少时如何轻狂，岁月的风和雨，年轮的刀与剑，必将把你磨砺得没了锋芒。有一条路，走了就不能回头望；有一条路，走了就是一生那么长……"

182 本想在演出结束后，邀戴蔓共消夜。然而等我安排好收尾工作回来再找她时，人已经走了。这令我有些懊丧。蒋楚恰恰相反，一直处于亢奋状态，“还别说，围脖这玩意儿还真挺强悍，一群三教九流的脖子愣是把这么一场晚会给办起来了，而且办得有声有色，比春晚还要强出几个境界去。大叔，咱俩喝点酒庆祝下吧！”

183 和蒋楚在一家小烧烤店简单吃了点东西。蒋楚喝了两瓶啤酒，越喝越亢奋。我不想喝酒，甚至不想吃东西，情绪低落。蒋楚见我脸色不好，问道：“大叔累了吧？连轴转了好几天，就算铁人也扛不住，太辛苦了……”我不想说话，站起身，拿着车钥匙向外走去。蒋楚一口干掉杯中酒，匆忙追了出来。

184 蒋楚喝了酒，车只好由我来开。一上车，他就絮叨个没完："大叔，虽然您很爷们儿，我佩服得五体投地，但有些时候，我也很鄙视您，比如说开房那件事儿吧，您的观点就显得保守和陈旧了，要知道，爱做了才有，情日了才生，房开了才赢。""你小子，鸟能飞了道理也跟着硬了。""必须的，戴延都夸我呢。"

185 我问："戴延还夸你什么了？""哈哈，这个不能说。不过，那天她说您和戴蔓没戏，不可能开房。倒是真给她说中了。唉，估计戴蔓那天和别人happy去了！"我沉默不语，有些酸楚。车里幽暗，蒋楚根本看不出我灰败的脸色，继续没心没肺地说："真遗憾，早知道她没跟您走，我来个一箭双'叼'该多好！"

186 没有这么刺激人的吧？蒋楚这话听起来可真刺耳，犹如一只猫爪抓在了我的心头，又痒又痛。一股无名怒火瞬间升起，继而转化成脚上的愤怒，油门被一踩到底，车子犹如离弦的箭，猛地飞蹿了出去。蒋楚顿时吓傻了，下意识地拉住我的胳膊，急切地喊："慢！慢点！大叔别开这么快，天太黑危险！！"

187 虚张声势。能有什么危险呢？懦夫！哪个爷们儿不飚车？飚车是件很爽很刺激很享受的运动，可以排忧，可以减压。但凡有了什么心事或者忧虑，我通常只做两件事，一是写矫情段子，往死里蹂躏文字，怎么煽情就怎么写，写完了，心里就敞亮了；二是飚车，往死里加速，怎么惊险就怎么开，疯完了人也就精神了。

188 正鄙视蒋楚怯懦时，横向里突然窜出一台小面包来，速度极快，眼看是躲避不及，我下意识地向右侧猛打方向盘，“喀嚓”一声，左侧保险杠狠狠地插进了小面包的左后侧。小面包挣扎了一下，轰隆隆地翻滚到了路基下的沟壑里，不知司机死活。我们的车也被惯力带动，整个车腾空翻了过去。

189 由于我是用自己这一侧撞向的小面包，所以伤得比较惨重。当车以四轮朝天的姿势着地以后，我就彻底失去了知觉。据说翻车的瞬间，我那些曾经几度上涌过的热血，全都洒给了天空。我想，当时的场景一定很壮观，很斑斓。蒋楚也受了伤，但无大碍。只是受惊吓的程度更大些，当场吓晕了，一天后才回过神来。

第七章 chapter seven 祸

当我不再飘浮，你该如何感知我？混迹在泥土中，我便是大地。而我该如何承载这尘世的祸？夹杂在人群里，我便丢失了我。而我的那些梦又该如何解脱？亲爱的，就让我飘浮吧，即使渺小，即使微不足道。亲爱的，让我飘浮吧，我是灰尘，只向往自我。

——《大叔念》

190 当我苏醒时，已经是七天七夜以后了。准确地说，我是被“滋润”醒的。我清晰地感觉到有人正往我嘴里小心地滴着水，一丝温暖，一丝甘甜。一滴，两滴……我蠕动贪婪的舌头，努力想睁眼，可无论我如何努力，眼前都是一片漆黑。这时，听到有人惊呼：“啊！醒了，他醒了！”一个女人的声音，熟悉而遥远。

191 这声音分明很熟悉，可我却怎么也想不起她是谁。挣扎了一下，悲哀地发现四肢无法动弹，——难道我成植物人了？一念至此，心里咯噔一下。操，我可不能成植物人啊，老子还没老婆没儿子呢！惊恐中我急切地想挪动自己的身体，天可怜见，右手指还能微动。或许，只是浑身都被打满了石膏和绷带。

192 如此看来，眼睛肯定是被纱布蒙住了，眼前一片黑暗，我只能用鼻孔呼吸光明。我不是哲学家，不想在黑暗中探寻什么真理！再说，真理都是实践出来的，不是躲在黑屋子里瞎琢磨出来的。我想看见光明，想在光明里磊落地活下去。我只想活着，能活着就好！随着女人的惊呼，脚步声凌乱起来，显然是来了很多人。

193 有人边摸我额头边问："你能说话吗？"手心冰凉，想必这位是医生。"你饿吗？想吃什么我给你买去！"这是先前给我喂水那位女性的声音。"大叔，你终于醒了？你吓死我了！"这是蒋楚的声音。最后一个男人的声音："朱烨，他醒了，你就回去休息吧！"这个声音——难道是猪头队长朱嶝衍？

194 没错，那憨粗的嗓门不是那个猪头队长还能有谁！朱烨？想起来了，不就是那个小朱警官吗？她给我的名片上确实是这个名字，只不过一直被我忽略了。怎么回事？不就是一场车祸吗？怎么还惊动了警察？难道那个小面包的司机被我给撞死了？要真这样，那也该由交警来管吧？真TM猪拿蜀黍——多管闲事。

195 “蜀黍”这个词是我在微博里看到的，据说是一些小姑娘给类似我这样的“坏大叔”起的代称。我舔了舔干燥的嘴唇，说出了我苏醒后的第一句话：“好吵！”然后，再也没有力气多说一个字就此昏昏沉沉睡了过去。他们肯定以为我又昏过去了，大概又是一阵紧张，一阵忙乱吧？不管了，反正我困了，我不想说话。

196 然而，令人惊奇的是，当我再次昏过去以后，除了忙乱与紧张外，还赚来了大把的眼泪。蒋楚后来告诉我，见我又昏过去了，那位人民女警官朱烨同志“哇”地一声就哭了，好像哭得还挺真实，挺悲切，眼泪噼里啪啦地往下掉。最后还是他们的队长朱嶝衍同志连哄带劝的，强行把她给拖出了重患监护室。

197 这事儿不仅令我大感惊奇，更让我心里有种莫名的温暖。想我一介非著名微博大叔，何德何能，竟让人民警察悲伤泪流成河。感动得我直想瞬间原地满状态以身相许。还没等我把承诺的话说出来，蒋楚又报告了一条“重磅”消息：“大叔，你知道吗？在你昏迷期间，戴蔓和戴延也来看过你！”

198 真的很意外，也很激动。我挣扎着想坐起来，可周身都被绑带扎得结结实实，根本无法动弹，只能继续躺着对蒋楚说：“小七，你先替我谢谢她们姐俩。等我出院后再当面致谢。”蒋楚用棉签蘸着水送往我嘴里，“大叔啊，您老可真有女人缘，人民警花为你哭，明星姊妹花为你抹眼泪。让兄弟我羡慕嫉妒恨呀！”

199 正好有一滴水落进喉咙里，差点没呛到我。顺畅了下呼吸，我急切地问：“戴蔓也哭了？”“跟哭也没啥区别，眼圈都红了。这都是大叔您修来的福分啊！谁让您心眼好呢！要不是关键时刻您向右猛打方向盘，今天躺在这儿的就是我了！大叔，从那一刻起小七我就是您的换命兄弟！”蒋楚说着竟哽咽了起来。

200 我想拍拍他脑袋安慰一下，可手臂根本抬不起来。“操，别那样行不，挺大一爷们儿，真他娘的𡰪！”我动不了，看不见，但嗓子还能说话，还能骂人。骂人的感觉真好。经我这么一骂，蒋楚破涕为笑道：“呵呵，大叔，知道我最佩服您哪点吗？就佩服您这死猪不怕开水烫的木乃伊精神！”是啊，我还真成木乃伊了。

201 蒋楚的话逗得我直想笑，可又不敢，害怕笑裂了伤口。这小子有时候真的很可爱，性格里总有阴柔的一面。或许这也是真性情吧？谁说爷们儿就不能偶尔阴柔下呢？我在心里笑过后问他：“别扯淡了，快说说被我撞的那个面包车司机怎么样了，是死是活？那俩警察是怎么回事？我现在已经算是被羁押了吗？”

202 见我问起了正事儿，蒋楚也一本正经起来，“要不咋说您福大造化大呢，那个面包司机没死，伤得也不重，也在这里住院呢。重点不是那孙子死活，而是您因祸得福，无意中协助警方抓获了穷凶恶极的杀人抢劫嫌疑犯王一仑。听朱队长说，王一仑为抢798块钱连杀三人，然后驾车逃逸。当时朱队长他们正在追捕他。”

203 “怎么像演电影似的？”故事太离奇、情节太巧合，简直不敢相信这是真的。堂堂的杀人恶魔那么容易就被我给撞沟里去了？也真够他娘的窝囊了。造那么大的孽只抢了798块钱，还被我一家伙给干翻了，估计他恨死我了吧？冷。对了，他叫——王一仑？！上帝啊，当天老道说的“遇王而乱”应的竟是这端祸事？

204 “不是电影，是事实。现在那孙子正被警方严密监护着。待遇可比您高多了，据说他的病房里外至少有30人轮番站岗。我好奇地想去看看那孙子长成什么模样，可愣是进不去。您说他怎么就那么丧心病狂呢，杀人跟砍白菜似的。咦？大叔您很冷吗？怎么抖成这样了？”蒋楚用手摸了摸我的额头，连忙大声呼叫医生。

205 我再次昏迷了过去。等我醒来时朱烨来了，她喂我吃了点流食。感觉恢复了些体力。朱烨小心地帮我擦了擦嘴角埋怨道："那个蒋楚真是的，明知道你现在不能受刺激，还跟你讲那些。""他人呢？""被我们队长提溜出去训斥了，看他还敢不敢嘴欠。"我一听，心疼了，"啥？训斥？你们警察管得也太宽了吧！"

206 朱烨用手指按住我嘴唇，"嘘！别说话，别动怒！放心吧，我们队长有分寸的，你就甭操心了。那家伙教训下也好，谁让他不劝住你慢点开车呢！你说你要是有个三长两短的，我可怎么办啊？"我听得直冒汗，什么叫我有个三长两短啊？除了个头我哪都长。"又不是你把我撞成这样的！什么叫你怎么办啊？"

207 朱烨挨到我脸上的手指突然燥热起来。她猛地收回手指，“噌”地站了起来。我想起来了，这丫头有脸红的毛病。想必，此刻她正满脸羞红着，甚至恼怒着吧？想到此，我有些于心不忍了，赶紧转移话题道：“朱警官，你玩围脖吗？上新浪还是搜狐？”等了足有30秒，朱烨才回答：“偶尔上人民网转转。”

208 说着她又坐了下来，隔着纱布帮我做起脸部按摩起来。“也到新浪微博来转转吧，相对人民微博这里人气更旺些。”“流氓也更多些！”“警察还怕流氓吗？”“哼！穿着马甲谁认识我是警察啊！”“嗨，就算你什么也不穿我也能认出你是警察！”“啪！”一个纤柔的巴掌轻轻地印在了我裹满纱布的脸上。

209 朱烨嗔怒道：“我说你这人怎么回事啊，都半死不活的了还有心思耍流氓！”说完，两只手在我左右脸上一齐用力捏了下。“啊，疼！”我很配合地佯装疼痛喊出了声。这就是女人的报复。女人往往在语言上吃了亏，比男人还愿意动手。所以女人更爱用咬、掐、捏、捶来报复男人的身体，寻求心理上的平衡。

210 遭受朱烨的玉手蹂躏，我假装呲牙咧嘴、受尽折磨的痛苦样儿，心里却乐开了花，“小姐，请你下手轻点儿，好歹我也是位光荣的患者。何况你什么时候见过有警花给流氓按摩的了？你的表现已经完全证明了我是个纯粹的、脱离了低级趣味的、纯洁的大叔！”“美不死你，我是怕你面瘫，无法出庭作证！”

211 “出庭？!作证？!”我惊讶地问。一想到要面对那个杀人狂我就头皮发麻。黑暗中，我似乎看见一个满脸大麻子、一身横肉的黑面独眼龙正抡着杀猪刀向我剁来。我正想再晕一会儿，却被一声呵斥给镇住了。“朱烨！别胡说。”我听出来是朱嶝衍的声音。“活该，谁让他胡说八道呢！”朱烨委屈地说。

212 朱嶝衍走到病床前，温和地问：“达书，感觉怎么样？”达书？什么时候我俩关系如此亲密了？猪头队长竟然肉麻地叫我“达书”？哼！无事献殷勤，非奸即盗。我权当听错了，假装不明就里地说：“大叔？您客气了，怎么好意思麻烦您屈尊叫我大叔呢！咦？大叔的名声有这么大吗？居然都从微博传到公安局去了？”

213 没等朱嶝衍说话，一旁的朱烨抢着说：“那是啊，您的名声大着呢，大到连美女明星都亲自为你抹眼泪呢！”这话怎么听都觉得有些酸溜溜的。朱嶝衍打岔道：“行了朱烨，你俩别贫了，我有正事要和达书谈，你先回避一下。”我还真舍不得让朱烨离开，尤其不想单独和朱嶝衍待在一起。俩大老爷们有啥好谈的。

214 可是还没等我反对，就听朱烨十分严肃地说了声“是”便乖乖地闪人了。“喀嚓”一声，门也被顺手带上了，我心里随之“咯噔”了一下。总感觉哪里不对劲，可到底是哪里出了问题，一时又没有头绪。病房里突然安静了下来，静得让人窒息。朱嶝衍坐下后“哗啦啦”地翻开本子，突然问道：“你当时怎么知道那人是逃犯？”

215 我被问糊涂了："当时？当时我并不知道他是逃犯啊！如果早知道在我前面有个被你们追急了的亡命之徒，打死我也不敢把车开那么快。我又没病，没事往人家逃犯车上撞什么啊？我当时真的什么都不知道。"听我说完，朱嶝衍一本正经地说："错了，当时你知道。看来你撞得还真不轻，脑子都撞坏了！"

216 难道我真的被撞傻了？而且还得了选择性失忆症？不对，我清楚记得当时是因为情绪激动才把车开得那么快。看来事情不是那么简单，这里面应该有情况。于是我装傻充愣道："或许吧！那你说，当时我怎么就知道有个逃犯在那等着我撞呢？"朱嶝衍笑道："是你看见了我在围脖里发的追捕令后，主动参战的啊！"

217 "主动参战？""是啊，当时你和蒋楚恰好就在附近，"朱登衍煞有介事地说，"看到我发的围脖后，你从蒋楚手里抢过方向盘，立刻杀了上来，参与了堵截，最终协助警方成功抓获嫌犯。"我明白了，感情这猪头是在给他自己捞功呢！他大爷的，看他脑满肠肥，咋比猴儿还精啊？人果真不可貌相。

218 “你——也玩围脖？”我惊奇地问。朱嶝衍笑道：“玩啊，说来我还是通过程桑桑那个案子才知道有围脖这种东西，然后就顺手注册了。没想到这东西还真是神通广大。真正实现了警民互动，携手维护社会治安的创举。”听他提到阿桑，我心中不免五味杂陈。未及细想，我又问：“你在围脖里叫什么啊？”

219 朱嶝衍回道：“黑猪警长。”“哈哈……”我差点儿笑喷了，“黑……猪？哈哈，你……太有喜感了，黑猪警长，亏你想得出来！”“还不是拜你小子所赐，要不是你叫我猪头队长，弄得整个警队人尽皆知，我会叫这个名儿么？”想到他那副唾沫横飞的样子，我揶揄道：“我还叫过你猪瞪眼呢，你怎么不取这个名啊？”

220 正嘻哈扯皮的时候，蒋楚推门闯了进来，焦急地喊道：“大叔，不好了！围脖里的脖子们正给你开追悼会呢！”我和朱嶝衍异口同声道：“追悼会？！”“是啊，还专门开了个叫做‘大叔永垂不朽’的围脖呢！”蒋楚说着拿出手机给朱嶝衍看微博简介，朱嶝衍念道：“文达书烈士陵博，大叔精神永垂不朽！”

第八章 chapter eight 错

如果相识是一种错，请允许我华丽地一错再错，虚拟世界里，无数个你和我，上演着，不期而遇的错。注定死亡是一种错，快让我精彩地完满复活，微博时期里，活生生的一个我，目睹着，被你悼念的错。

——《大叔念》

221 真是乐极生悲啊！刚刚还笑得那么肆无忌惮呢，一转眼就被追悼了！“是谁把我出车祸的事儿公布出去的？”毫无疑问，蒋楚嫌疑最大，他似乎也感觉到了我的疑惑，赶紧解释道：“不是我，这些天我光顾着大叔的伤情了，哪有心情上网啊？刚刚在外面等你俩谈话，闲着没事才上去转了一圈，谁曾想见到了这个。”

222 见蒋楚有些急了，我劝慰道：“小七，淡定。这也不是什么坏事，至少说明围脖里有一群人正惦记着我呢！”蒋楚仍然不依不饶地义愤填膺道：“问题是多丧气啊！您这还在观察室里躺着呢，万一围脖灵堂显了灵，惊动了牛头马面，把您给拘了去……呸，该打该打，您看我这张臭嘴。”说着，蒋楚自己掌起嘴来。

223 蒋楚的拧巴劲儿把我和朱嶝衍逗得再次哈哈大笑起来，而就在这一刻我已了然于胸。果然，笑罢朱嶝衍承认道：“小七你别紧张啊，这事儿确实不是你干的。是我说出去的。不过，我可没有诅咒达书的意思，只是在出事那天织了条围脖说文达书协助警方追捕逃犯出车祸受了重伤，至今昏迷生死未卜。”

224 蒋楚这回可真急了，跳将起来，指着朱嶝衍吼道：“你真卑鄙！怎么可以这样，你这不是误导博友吗？你是怎么当警察的？！”朱嶝衍憨笑道：“嘿嘿，小七你太不淡定了，急什么嘛！我哪有误导啊？我说的都是事实。那天晚上达书不就是昏迷不醒，生死未卜吗？我说错了吗？还有，你别忘了我刚才和你谈的话……”

225 越发地觉得朱嶝衍这人不简单了。也是，他发的那条微博说的确实都是实情，让你想发火都找不出理由。而我心里也根本不在乎这些，网上的事情，本来就是真真假假，没必要太较真。而我真正在乎的是他把蒋楚提溜出去的时候到底说了些什么。

226 他们显然达成过某种“不可告人”的协议，当听到朱嶝衍那句“你别忘了我刚才和你谈的话”后，蒋楚立马改变了语气，谄媚道：“朱队长大人有大量，小弟我一时昏了头说错了话，您别见怪啊！”靠！典型的墙头草风格！不过，他毕竟是我的换命兄弟，再怎么着也不至于害我吧，于是豁然。这时，手机响了。

227 响的是蒋楚的手机，我的在我进医院之前就已经摔坏了。“到底怎么回事，前几天去医院看大叔时，他还只是昏迷，这怎么说没就没了呢？”电话里传来了哭泣声，是戴延。蒋楚有些慌了，“延延，你听我说，先别忙着哭，大叔他……啊？不是你在哭？那是谁啊？什么？戴蔓？啊？她正在围脖里参加大叔的追悼会？”

228 “微博追悼会”很新鲜，也很热闹。不知道是谁想象如此给力，竟然把我给想死了，还注册了“大叔永垂不朽”的微博。于是大家都以为我真的壮烈牺牲了。这其实也不奇怪，在“被”时代，有太多逃不掉的荒谬事情发生。既然有被自杀，就自然会有被死亡、被追悼；有被临时性强奸，也就可能有被临时性逝世。

229 许多“生前”博友诸如@章鱼儿@水绒@BTV黛凝@陶来@王蕃@虹翻翻@丝草@玉碧落@小灰TinyTimesR2@沈蔓@扬子源@编剧导演于峰@超级苗苗@小武雅琪……上百人在“大叔永垂不朽”的微博灵堂里留言缅怀、追思、吊唁我。那么真切，那么感人。感动得我直觉得自己要是不真死一回都对不起大家的眼泪和真诚。

230 @戚小诺：大姐夫你怎么就走了呢？大姐夫，小诺痛哭，小诺对不起你。小诺还没来得及实现诺言，还没帮你找到大姐，你怎么就走了？大姐夫，抱住！让小诺最后再抱你一次，最后一次。如果有来生，大姐夫，小诺还做你的小姨子！再也不调皮了，一定认认真真地帮你找老婆，让你真真正正地做一回我的大姐夫！

231 微博世界，诸多离奇。戚小诺是我小姨子，而她却没有姐姐。也就是说我还没老婆呢，就先有了小姨子。她是被《大叔念》吸引来的，她说她喜欢极了那些矫情文字，特凄美，特浪漫。她说我要是有个大姐，一定要她嫁给你。我说那你就成我小姨子了。她说好啊好啊，我是你小姨子，你是我大姐夫，我来帮你找大姐。

232 戚小诺的任务还没完成，我就被光荣了。这无疑令她很伤心，也令很多人伤心。@丝草：大叔你真不讲究！我恨你！你还没完成对我的诺言怎么可以死？！你给我回来，给我活回来！你说过的，要把我写进你的文字里的，你还没写，没完成承诺，你怎么可以死，怎么可以死？！赖皮，你给我回来，回来，大叔……

233 “就是一丝细腻的草，在百米外，叫做夏天的地方，绿了心事。给@丝草@百米外的夏天。”虽然只有一句，但我确实是写过丝草的，只不过还没来得及发。心不由得揪痛，幸亏我这次是假死，如果我真的就此烟消云散了，会留下多少遗憾？我有太多的话还没说出口，太多的事还没来得及做……

234 凡事需趁早，比如爱情。@百米外的夏天：大叔……悲痛，您还没来得好好爱一场呢！怎么就走了？@偶尔风尘：这怎么可能？这不可能，不可能！假的！骗人的！大叔不可能死！这是谁造的谣？他还没恋爱过呢，他怎么可以死？！造谣者，等着吧，等大叔来起诉你！@编剧导演于峰：可能是真的，他电话一直关机……

235 显然有些人已经被我突如其来的“死讯”震惊得语无伦次了，凭什么没恋爱过就不可以死啊？有时候恋爱了死得可能更快更彻底！谁敢说我的车祸与爱情无关呢？不过，我真的很感激这场意外，起码它再次深刻了我，使我变得更加成熟。突然之间，明白了许多许多事情，比如人生，比如爱情。人是不是只有死过一回，才会幡然醒悟？

236 这一世，我们来了，而我们只是路过，且只能路过。我们路过每一寸土地，途经每一个人。我们秒数末日，遗失每一寸路过、每一个途经。这一世，我们来了，而我们只是路过，且只能路过。我们路过每一次幸福，际遇每一种华丽，我们倒数时光，流连每一次路过、每一种际遇。这一世，我们来了。这一世，雾霭沉沉。

237 我们原本就是尘世的过客，自从出生就没打算活着回去。死亡并不可怕，可怕的是“被死亡”。在还没准备死的时候，死神突然降临，死得很糊涂很不甘心，这叫“被迫死亡”；明明活着，却死在了别人心里，死得不光明不值当，这叫“被人恨死”；完全由于不明真相导致的“被以为死亡”，死得很窝囊很滑稽，比如我……

238 网络还是网络，微博只是微博。博友们痛惜过，再献上一枝虚拟的花，留下一句：大叔走好！又都各自忙去了。死了的已经死了，活着的还得继续织围脖。在广袤的微博世界里，犹如一束狗尾巴花，我绿过鲜活过，尔后又枯萎凋零被风吹走了，轻轻的，轻轻的……大叔这个代号也将随之消失在烟波浩淼的网络世界中。

第九章 chapter nine 求

我祈祷，你能允我一个祈祷，亲爱的，我们以吻封缄。我祈祷，你能允我一个祈祷，黎明前，你将寂静无声。我祈祷，你能允我一个祈祷，曙之光，替我们将黑夜焚烧。我祈祷，你能允我一个祈祷，硝烟散，仍有你娇柔的喘息。我祈祷，你能允我一个祈祷，亲爱的，请带我回家。

——《大叔念》

239 我还活着。我当然活着，只不过活在黑暗里。蒙在眼睛上的纱布，终于在我的强烈要求下被揭了去。当重见光明的刹那，我仰望天花板泪流满面。感谢苍天赐予我光明，让那颗悬浮在黑暗里的心，平稳落地。窗外的阳光一如既往地坚挺、泼辣、奔放、热情，令我无比满足。终于不必再用鼻子去呼吸光明了，能看见生活，真好！

240 昨日已死，化蛹成蝶。犹如凤凰涅槃，得以重生。我看见了光明，听到了掌声。寻掌声环顾，帅气的蒋楚、肥壮的朱嶝衍、性感的戴延，还有……她是谁？裙衫曼妙，婀娜多姿，巧笑嫣然，红晕浸染……是她，是换了便装的朱烨！她笑着，眼里却沁满了泪水。他们鼓掌，流泪，为了我的重生，为了我的光明。

241 还是初次见到朱烨穿便装。脱了制服的她，竟是如此动人。虽然不像戴延漂亮得那么夸张，也不像戴蔓清秀得那么典雅，但她的漂亮更耐人回味。如清涩的初恋情人，又似端庄的邻家小妹。无论如何，你此时都不可能把她和警察联想到一起，更不会想到，那纤细的小蛮腰也曾别过手枪、挎过手铐……

242 见我死死地盯着她看，朱烨那张容易羞红的脸顿时更加红润了。不敢与我对视，低着头，偶尔偷看我一眼。我想，她每看我一眼，可能都会引起一阵强烈的心跳吧？这反倒让我不安起来。收回目光，继续环顾四周，确认人群里没有我要找的人，不免有些失落，还有些淡淡的忧伤。妹妹戴延来了，姐姐戴蔓怎么就没来呢？

243 助理方亮也在，我要他赶紧把手机拿去修理，他让我先用他的，正在他关机退卡时，戴蔓来了。这无疑让我惊喜万分，血管里新生的血液再次涌动起来，涌红了我的眼圈。可她的眼圈怎么也红着，她也激情涌动吗？怎么还涌出了泪水？她被我看得有些难为情了，掏出一部手机对我说："用这部吧，算我赔你的！"

244 这手机还真应该由她来赔偿，谁让她在我生命里第一次出现时，就悄悄地惊动了爱情呢！我没说胡话，并确认自己的脑子没被撞坏，它只是被撞了开窍。曾经，我离死亡那么近，近到可以听见阎王爷的呼噜声，幸亏他在打盹我才得以逃生。生命何其脆弱，人生何其短暂，灵魂随时可能逃离躯体。如果爱，趁早爱。

245 而我真的可以爱吗？可以吗？我在心里反复问自己。在有能力爱的时候，我却没能说出口。是矫情、是怯懦还是高傲？而今，我还有爱的能力和权利吗？我连自己到底是否还能坐起来、站起来、动起来，都无法确定。如果，我就这样躺一辈子，谁愿意接受这份沉重的、累赘的爱？我的人生再次彷徨了。

246 如果爱，趁早爱。既然爱要趁早，现在说这些是不是太晚了些？为什么人总是在经历了苦难以后才会幡然醒悟？才会去惋惜，去遗憾？假如，我早早地就明白了那份爱，早早地说出来，或许现在也不会躺在这里吧？说到底，今天的局面，还是和我执拗的性格有关。望着眼前美丽的姑娘，不由得一声长叹……

247 性格决定命运，需要改变吗？从性格开始改起，学会真诚，学会坦率。该爱的大胆地爱，该说的勇敢地说。既然生，就生得豪情万丈；既然活，就活得真真切切；既然爱，就爱它个潇潇洒洒。如果苍天让咱活得无比憋屈，那咱自己就要顶天立地活，轰轰烈烈地爱，气死地狱阎罗，羡煞漫天神佛！我活，故我在。

248 人生多灾多难，生活几经沧海，活着苦，爱亦难。灾难让人了解生活，死亡让人彻悟人生。当你活蹦乱跳地有能力承受爱情、承担爱情时，要记得好好爱，认真爱，珍惜爱。别辜负了时光，爱就大声说出来。而此刻，我只能在心里自嘲，嘲笑自己荒废了年华，荒废了生活，荒废了爱情。荒废在了曾经的徘徊里。

249 我不徘徊又如何？自嘲过、酸楚过，把爱折叠起来，小心收藏。装做无所谓的样子，大言不惭地说："看上去像水货。好吧，暂时先将就用着，等你碰到行货再换部给我！"大家都被我的厚颜无耻给镇住了，戴蔓却笑盈盈地说："好，只要你活着，好好地活着，要什么我都给你！"全场震惊！随后，呼声乍起。

250 傻子都能听出戴蔓话里的暧昧，何况我并没被撞成傻子。再也难以抑制自己的情绪了，一股暖流打心底涌上来，迅速涌入双眼。泪水湿了我的视线，也湿了戴蔓的眼睛。她拿出纸巾帮我擦拭着，却任由自己的眼泪肆意地流淌。多想握住她嫩滑的手；多想张开双臂拥她入怀；多想附在她耳畔轻轻呢喃：我爱你……

251 而我根本动不了，连手指都被捆绑得结结实实。唉，一切只能是想想罢了。或许我将终身残疾，在病床上苟延残生。这一切，一切的一切，都只能是想想而已。我必须将心中那股激情的火苗悄悄地用力掐灭。我不可以去爱，更不可以用躺着的姿势接受爱。我不能拖累她。放弃，或许就是对她最好的爱。

252 不知从何时起，病房里的人都悄悄退了出去。似乎曾有一双幽怨的眼睛，注视了我许久，尔后叹息了一声，才依依不舍地离去。现在房间里只剩下了我和戴蔓，久久地对望，凝视。她是那么优雅端庄，清秀雅丽。洁白娇嫩的肌肤，灵光闪动的双眸，挺俊俏皮的鼻子，性感红润的双唇……

253 戴蔓朱唇轻启，幽幽地说："当我在围脖里获知你的死讯时，几乎要崩溃了。我明知道那是假的、骗人的，可还是十分悲痛。在你昏迷的时候，蒋楚告诉了我出车祸之前的情形，虽然他没多说什么，可我却萌生出了一种奇怪的感觉，我觉得是我害了你。我知道，这听上去很荒诞，可我真的有那样的感觉！"

254 如同受了天大委屈的孩子，内心矜持着的某种脆弱即将瓦解，很想抱住她大哭一场，任泪水和矫情肆意纷飞。可我不能，我只有藏好心情，故做轻松，“扯淡！和你有什么关系，你又不是逃犯！又不是你派他来撞我的！”戴蔓摇头道：“不，我是……我是逃犯！我撞到了你，撞伤了你的心。我是爱情的逃犯……”

255 “呵呵”，我苦笑着，“这话听着咋这么耳熟，是电影里面的台词吧？”戴蔓幽怨道：“你在笑我吗？我就知道，你会笑我的。可这不是台词，是我的真心话。我钦佩你的才华，喜欢你的文字。我经常在你的围脖里偷窥它们，我喜欢极了、爱极了你的那些文字。那么美，美到忧伤。那么浪漫，浪漫到凄婉。”

256 一股暖流再次涌动，暖暖地流遍全身。真想放声呐喊、欢呼，可该死的理智令我迅速冷静下来，淡定甚至有点冷酷地说：“你是个了不起的演员，不仅口才棒，声音也十分悦耳，和我的文字一样，很美，美就美在很诗歌很飘渺很虚幻。我的文字能被你赏识，真好。只可惜，以后我再也不能写字了！”

257 “不”，戴蔓用纤细白皙的手指虚掩我的双唇，“能的，你还能写字的。”“难，恐怕很难了，我大概是彻底瘫痪了，再也走不了路写不了字了。我将永远躺在床上，成为大家的累赘。”我颓丧地说。“胡说，我不许你胡说，”戴蔓哭了，“别那么悲观好吗？会好起来的，一切都会好起来的，我为你祈祷……”

258 躺在病床上的人更容易敏感。当戴蔓劝慰我的时候，我却突然有了一种不祥的预感：住院这么久，除了脖子可以扭动，右手指可以微动，其他地方怎么都没感觉？怎么连起码的疼痛都感觉不到？被石膏和绷带绑得跟木乃伊似的，不可能没受伤啊？既然受伤了就没有道理不疼痛啊？难道，我真的瘫痪了？

259 我突然被自己的预感和胡思乱想吓到了，虚弱地说：“我要见医生。”戴蔓没听清我说什么，问道：“你说什么？”“我要见医生！”我怒吼起来。戴蔓显然是被我突然的爆怒吓着了，从凳子上跳将起来，“你怎么了，哪里不舒服吗？”说着，她按动了呼叫器。很快，医生来了，方亮和朱烨也跟了进来。

260 “医生，我想了解我受伤的程度，请您如实相告。”我故作平静地说。医生用眼神征询了方亮的意见后正要回答我，却被朱烨给制止了。恰好被我看到，心里当时就明白了七八分。“您尽管说吧，不用理会他们。我是心理医生，有自我控制情绪的能力。再说，患者本人应该有知情权！”医生点点头，叫人取来了病历。

261 医生翻开病历，谨慎地说：“经诊断，您左腿、左臂骨折，腰椎、脊椎重创，脸部有外伤，头部经核磁共振未见异常。经诊治，上额、眼眶外伤已缝合。骨折处已接好。腰椎错位，需慢慢矫正。麻烦的是脊椎，”说着他展开CT片给我看，“这里断裂了，而且错了位，压迫了神经，导致除脖子、右臂以外，其他部位暂无知觉……”

262 果然如我所料！时间仿佛凝固。我静静地环顾四周，幸好脖子还能动。发现大家并无惊讶，只是脸上都流露着担忧的神色。看来他们早就了解了这些状况，就连戴蔓也早就知道了。真滑稽，明明我才是当事人，为什么我却是最后一个才了解真相的呢？为什么傻B总是最后一个才知道自己是傻B。真荒谬。

263 见我陷入沉思，医生安慰道："虽然从理论上看，您站起来的希望很渺茫，但您也不用太悲观，奇迹总还是有的。国外一位类似患者，由于突然中了亿万大奖，在强烈兴奋的刺激下，就奇迹般地站了起来……"废话！这医生着实荒诞，在中国别说亿万巨奖，就算中个百万大奖都难。比我站起来的希望还渺茫呢！

264 其实也没什么好悲观的，这个结果比我想象的要好得多。至少我还活着，还有一只手可以动。"你们干吗那么看着我，一个个紧张兮兮的，放松些。我啥风浪咱没遇见过？这点小坎坷……你们放心吧，没事的！别用你们的心思来揣测我的心情，我好得很，还能吃、能喝、能睡、能思考，我已经很满足了。"

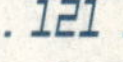

265 朱烨和戴蔓的眼圈又红了。她们一定以为我是故做轻松地宽慰大家，其实还真不是。有时候，知道了真相，人反而会轻松下来。这有什么呢？能拣条命、能看见阳光、能思考、能说话、能触摸，我还有什么不满足的啊？不能动弹，站不起来，走不了路，正好可以安分地躺在床上思考一下人生，这也不完全是坏事。

266 “果然是美女，哭起来都梨花带雨的，好看得要死。可怜我，就算笑都笑不出灿烂。你们没发现吗，我照相从来就没笑过。要是真那么嫣然一笑啊，可就成经典了，比凤姐还寒碜呢！哈哈，得了，你俩别愣着了，该忙啥忙啥去吧，再来时给我带几本书，大叔我得学习。”戴蔓道：“行，我给你带《故事会》。”

第十章 chapter ten 苦

夜，就此沉沦，沉沦在一切黑暗里。我在遥远的枕畔，望眼欲穿，那团火焰，焚烧的火焰，焚不尽悲凉。我试图张开双眼，寻找真相，那些魔掌，罪恶的魔掌，从哪里伸向这里？我软绵绵的肢体，毫无力量的声音；那么卑微，那么懦弱。到底如何，我该如何，如何救赎这一切的恶？夜，继续沉沦，沉沦在一切黑暗里。

——《大叔念》

267 晚上，朱嶝衍和蒋楚同时出现在了病房里。这俩小子神神秘秘地消失了一整天，难道忙工作去了？可为什么他俩神情怪怪的，似乎刚刚争执过，谁也不搭理谁，互相在生着闷气的样子。唉，这对活宝。“你俩干吗都绷着个脸啊？跟阶级斗争似的。”他俩几乎同时换了张笑脸给我，齐声说：“没事没事挺好的。”

268 没事才怪！就他俩这点小机灵，还能瞒过我老人家？不过，他们不想说，我也就懒得去理会。“没事就好。从明天开始，你俩就不用每天都来了，都有工作呢，别耽误了正事。”“达书！”朱嶝衍刚张口，却被蒋楚给抢了话：“大叔，对我来说，再也没有比陪您更正经的事了。小七要一直陪着您。”

269 蒋楚的话让我心里一热。"达书，虽然公务在身，不能时刻陪着你，但一有空我会来看你的，即便我不能来也会安排朱烨来。你得坚强些，要知道，你不是一个人在战斗，还有我们呢！哦，对了……"朱嶝衍说着，从公文包里取出一张盖有大红印的纸来，"达书，恭喜你！"喜从何来？我纳闷地望着朱嶝衍。

270 朱嶝衍憨笑道："您被市委、市政府授予了'勇敢市民'称号，这是嘉奖令，过几天市里领导将亲自给您颁发证书和奖章。这回你得请客啊……"蒋楚在一旁揶揄道："要请客也该朱队您先请吧！您落的好处可比大叔这奖来得实惠得多啊！"我被他俩的话弄得一头雾水。啥意思？我还真"中奖"了？

271 早就看出朱嶝衍这厮不简单，这回还真验证了。他竟然能把我一个“撞”入歧途的倒霉鬼，成功运作成勇敢市民？我这个汗颜啊！这不是欺骗组织、欺骗人民、欺骗社会吗？我怎么敢接受啊！这孙子岂不是把我往火坑里推吗？这么大的一个便宜砸在我脑袋上，那非砸死我不可！这哪里是我一介网民敢担当的呢？

272 也不知道朱嶝衍是真憨厚还是假慈悲，他又憨笑了两声，谄媚道：“达书，这下你开心了吧？嘿嘿，要知道不光有证书和奖章，还有奖金呢，听说还不是个小数目，就算你下半辈子一直这么躺下去也衣食无忧了……”“你脑袋有毛病啊？有你这么说话的吗？你丫才一直这么躺下去呢！”蒋楚愤怒地指责道。

273 朱嶝衍瞪眯起小眼睛，厉声呵斥道：“你咋呼啥？生怕旁人不知道咋的？”又转向我说：“达书，你别在意，我没有诅咒你的意思。我只是打个比方。”我连说没事没事，对蒋楚道：“淡定些，听朱队长把话说完。”朱嶝衍叹息道：“都说久病床前无孝子，你要是真这样躺一辈子，若没个经济来源，关键时刻谁会管咱？！”

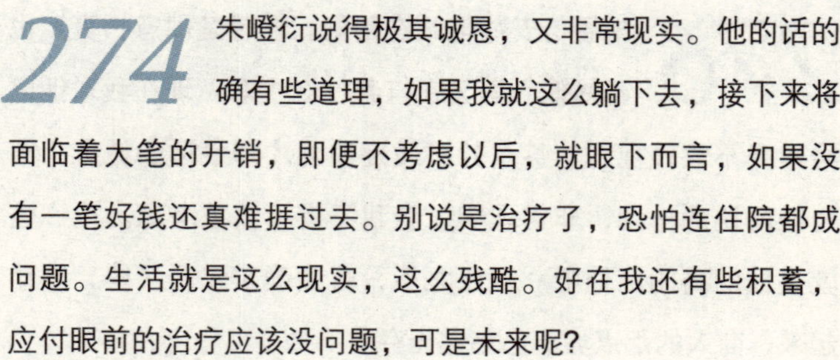

274 朱嶝衍说得极其诚恳，又非常现实。他的话的确有些道理，如果我就这么躺下去，接下来将面临着大笔的开销，即便不考虑以后，就眼下而言，如果没有一笔好钱还真难捱过去。别说是治疗了，恐怕连住院都成问题。生活就是这么现实，这么残酷。好在我还有些积蓄，应付眼前的治疗应该没问题，可是未来呢?

275 “我管！”蒋楚拍案而起，“老朱，你少在这里胡说八道，你把大叔当什么人了？你以为大叔连个真哥们儿都没有啊？告诉你老朱，大叔他就算是真躺一辈子，我砸锅卖铁不吃不喝不娶老婆，也必管无疑。赶紧收起你那张虚伪的面孔，捧着你的荣誉滚回去！”

276 朱嶝衍安静地站在那里，任蒋楚肆意指责。也不知他心里又在打着什么主意。现在我对他已经丝毫不敢轻视了，甚至并不质疑他刚才那番话的诚意。因为他所说的一切，非常现实，令我不得不慎重考虑。或许这就是他的高明之处吧。相比之下，蒋楚确实年轻了些，冲动起来，商人的那点城府已荡然无存。

277 “如果不是因为我，大叔怎么会遭这份罪，又怎么可能躺在这里任人垂怜？大叔，我对不起您啊！”蒋楚说着痛哭了起来。关于蒋楚的情绪，我所能理解的是，朱嶝衍的所作所为，伤及到了他的自尊。我们认识没几天，也没什么亲密过往，只是通过这次车祸，才迅速拉近了距离。可这却成了他心里说不出的痛。

278 蒋楚觉得是他害了我，所以心里内疚，从而有些偏激和敏感。朱嶝衍把我说得越惨，对他刺激就越大，他心里的负担也就越沉重。他又需要看心理医生了。或许他这辈子就该与心理医生有缘。他内心是脆弱的，脆弱的人随时需要做心理安抚。或许正因为如此，冥冥之中老天才把我和他紧紧地联系在了一起吧？

279 谁是谁的幸运？谁又是谁的克星？冥冥之中，充满玄妙。谁也不是谁的谁，可谁又都可能是谁的谁。别说我身体受了重创拜他所赐，别说他的脆弱需要我来抚慰，既然老天已经安排了这一幕人生，又是这般巧合离奇，那么谁又能抗拒呢？抗拒是痛苦的，莫不如接受属于你的角色，安心入戏，把人生演绎到淋漓尽致。

280 对于朱嶝衍，我也有了新的认识。没错，在帮我运作成“勇敢市民”的同时，他也会得到诸如升官发财之类的好处，但这无可厚非。鼠有鼠道，官有官道。即使钻营取巧，却没谋财害命，他这么做又有什么错呢？更何况他并没有损害到我的任何利益，反而给了我荣誉与金钱。事实上，我绝没有蒋楚想象的那么高尚。

281 整个夜晚以失眠的姿态思念或者冥想。思念的仍然是一种虚无，冥想的却是劫后余生之种种。有关人性、有关生存、有关爱情。我陷入某种矛盾中，不能自拔。人性复杂，生存不易，爱情纷扰。我甚至开始怀疑人生，怀疑我存在的必要与必然。我的存在，又会是谁的幸福、谁的负累、谁的心事呢？唉，神马都是浮云。

282 该以怎样的姿态面对这一切呢？忽如一夜，爱情来了，名誉来了，金钱也来了。可又都来得那么唐突直接，那么匪夷所思。命运给予一切的同时，一切也蕴涵了无尽的苦恼和沉重。该接受这一切吗？那么纠结。是谁创造了平衡法则呢？它如此微妙。你失去了正常逻辑下的获得，却收获了意外的弥补和平衡。

283 大概是天亮的时候，我才安然入梦。梦到了戴蔓，她的微笑一如阳光，照得我暖暖的；梦到了蒋楚，他的苦笑虽然阴柔，却依旧让我觉得温暖；还梦到了朱嶝衍，他的憨笑貌似忠厚。他说，达书你知道吗？我不是想拿荣誉和金钱来挑战你的人格，我是想用这些重奖来刺激你的神经，让你能重新站起来。

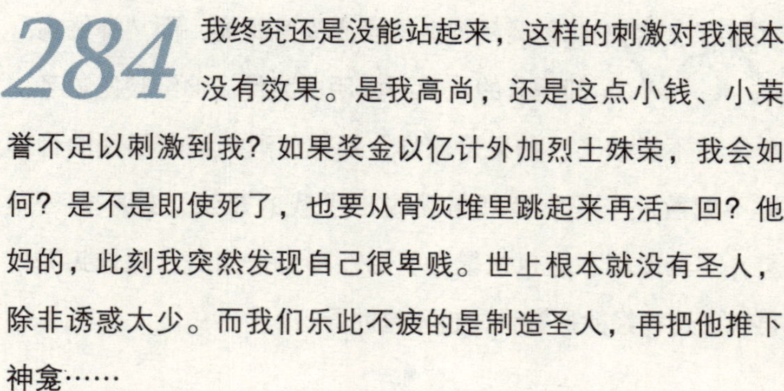

284 我终究还是没能站起来，这样的刺激对我根本没有效果。是我高尚，还是这点小钱、小荣誉不足以刺激到我？如果奖金以亿计外加烈士殊荣，我会如何？是不是即使死了，也要从骨灰堆里跳起来再活一回？他妈的，此刻我突然发现自己很卑贱。世上根本就没有圣人，除非诱惑太少。而我们乐此不疲的是制造圣人，再把他推下神龛……

285 第二天中午，戴蔓又来了，还真带来了几本《故事会》。想我也曾是某著名野鸡大学的高才生来着，如今真的要沦落到靠这些读物消遣余生的窘地吗？本想说下回你给我带本《论语》吧，可话刚到嘴边又缩了回去。现如今连博士后都不靠谱，我都这样了，还装什么文化人啊！再厚重、再深刻不也还是个残废吗？

286 都说人老成精，我却想在后面再加上两个字：人老成精——神病。经常有人对我说，您老人家很深刻、很有内涵。如今我已经深刻地内涵到了床上。床是成长的捷径，很多人是在床上真正成熟起来的。床可以制造生命，也可以诞生思想，感悟人生。床是伟大的，如今它是我唯一的港湾，或许，我将在此老成精神病。

287 此刻离精神病的境界尚有距离，而“神经病”却是真的。我不太明白为什么神经被压迫了，身体就不能动了。如果是这样，那把压迫神经的那块肋骨卸掉不就解决了吗？我和戴蔓说出了我的想法，她吓得一激灵，“真血腥，这也太暴力了吧？那可是你自己的骨头呢！再说压迫神经的是脊骨，也不是肋骨呀！”

288 管它什么骨呢，既然我根本没有痛感，卸啥还不都一个样？于是，我让戴蔓呼叫医生。我打算和他们商量下，主动想些方案总比坐以待毙强。别指望医生，人家手里病人那么多，哪有时间替我去想这些啊！再说，现在的医生风险意识都超强，宁愿治不好你，也不愿意冒风险给你乱诊治，治死了算谁的啊？

289 医生来了，听了我的想法后，头摇得跟high了药似的，一个劲地说不行，却又不告诉我为什么不行。我说要不把你们院长请来吧，我和你们领导谈。医生还是摇头，“您就别瞎琢磨了，您得相信科学，我们会制定出一套科学的治疗方案的。您好好休息，下午拆上半身的绷带。”说完人就闪了。唉！固执的摇头医。

290 “摇头医”是我的主治医生，其实他人还是蛮不错的，至少说话还算温和。虽然他否决了我的设想，而我却能理解他。当医生的也不容易，搞好了是医术高明，仁心仁术，院长管理有方；搞不好是作风有问题，思想有瑕疵，黑锅得自己背，没收医师证，下岗回家抱孩子都算轻的。医生的饭碗也不好端啊。

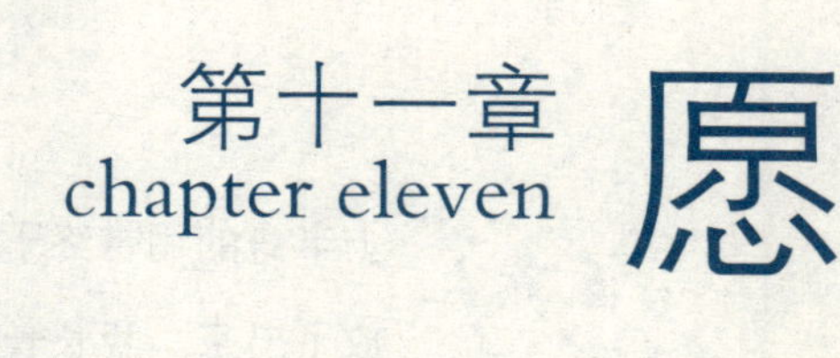

第十一章 chapter eleven 愿

如果我们老了，掉光了头发，你的梳子再也不能从我的头顶梳出激情，我也无法帮你盘起美丽的发髻，而我们手中的梳子一如既往。我们老了，抚摸彼此光秃秃的头顶，笑看一只只漂亮的蝴蝶，在时光里飞来飞去。我愿意，这是我们的爱情。

——《大叔念》

291 上半身的绷带终于被拆掉了，右手同时被释放了出来。我长长地吸了口气，终于可以玩手机了。迫不及待地登陆了久违的微博。海量的转发，海量的评论，海量的私信。一时间不知该如何招架。这时王蕃的私信跳入眼帘，@王蕃：自从你死后，我活得也不好。于是我回复她：知道你活得不好，我也就安心了。

292 @王蕃：妈呀，你……诈尸啦？！发送给王蕃：我就是回来看看，顺便带你走。王蕃是齐鲁电视台《新聊斋》节目主持人，小脑袋里装满了怪异乱神之事和好奇心。@王蕃：真的吗？那可太好了呀，去天堂吗？发送给王蕃：北京。@王蕃：那还是算了吧。北京地铁里的人比地狱里的鬼都多，不喜欢。

293 戴蔓这时端着热水盆进来，见我不停地玩手机，笑道：“看你，这刚能动一点就话痨上了，你可悠着点”，说着把热水盆放了下来，洗了毛巾，“来，你休息下，我帮你擦擦身子。”我一愣，抬头看她，她脸刷地一下红了。我赶紧推辞：“这怎么好意思，怎么能麻烦你帮我擦，还是等方亮他们来让他们弄吧。”

294 我脑海里突然闪现出《千金记》中的一句台词：“自古道‘男女授受不亲’，待奴家放在地下，客官自取。”便随口唱了出来。戴蔓咯咯直笑，说：“古书上还说‘男女不杂坐’呢，如果都按古话来，那公交车就必须是专车，地铁就全是专列了。真没想到你这位大叔级的人物，还是这么腼腆保守型的。”接着便不容分说，上下其手……

295 如果换了别人，兴许我不会这么矫情。哪怕是警官朱烨我也不会在乎，我压根就没觉得自己有多正经。可是，在戴蔓面前，我总是很在意，甚至有点放不开。一是紧张，二是尴尬，三是害羞。因为在乎，所以紧张；因为关系微妙，所以尴尬；因为不敢爱，所以害羞。但内心又似乎十分渴望，于是就只能这样在矛盾中挣扎。

296 戴蔓帮我将身体侧向一边，边给我擦后背边问："这个温度可以吗？会不会太热？"毛巾冒着热气，我可以看见，却无法感觉到温度。下意识地说了声不热。戴蔓也意识到自己问了句废话，抱歉道："你看我，都忘了你这里是没感觉的了，对不起啊大叔，我不是有意的。呵呵，看你脏的，可真该好好擦擦了。"

297 如果网上的资料准确，那么戴蔓应该比我小八岁。可她却让我感觉到一种母爱般的幸福。"你是第二个帮我擦身体的女人。""另一位是你母亲？""嗯，你让我想起了我妈的慈爱和笑颜。唉，真想她啊！也不知她老人家过得好不好。""为什么不接来身边？""本以为这次可以去见她的，无奈人间还有我残梦未了……"

298 母亲去了天堂，在云的高度，正俯瞰着我以及这个世界。我能感觉到她，能感觉到她的心情。天高云淡时她在笑，乌云滚滚时她就不开心。所以我怕，怕乌云密布，怕风卷残云。所以我祈祷，祈祷所有的日子，都阳光明媚，哪怕下着太阳雨。我不怕太阳雨，甚至喜欢走在太阳雨里。感受暖暖的、柔柔的母爱。

299 “等你出院了，我陪你去淋太阳雨，陪你感受母爱的温暖。哪怕你坐在轮椅上，我也要推着你走进太阳雨。”戴蔓边帮我调整身姿边说。温柔而亲切。就要擦前胸时，我一下抓住了她的手，入手柔嫩温和。她下意识地挣了挣，满脸羞红，那么好看。我赶紧放手，尴尬地说：“前面，我自己来吧……”

300 当朱烨来时，戴蔓刚好帮我擦完身子。她到底还是没让我自己弄，她说有我在，怎么舍得让你自己擦呢？这辈子如果能摊上这样一个女人做老婆，夫复何求？会演戏，会唱歌，会主持，会浪漫，会体贴，会织围脖……这么好的女人上哪儿找去？朱烨一进门正好看见戴蔓帮我穿衣服，羞怒道：“哎呀，你俩怎么不锁门？！”

301 “哈，您这位人民的警察查房都查到人民的医院来了啊？”我打趣道。警察就是警察，到任何时候也无法抹去那股特有味道——敏感、多疑，看谁都像犯罪嫌疑人。而且善变、多虑，哪怕这位警察还是个漂亮的小姑娘，哪怕她前一刻还对你无比温柔，那张脸就跟无极变速似的，给点油就变挡。职业造就性格，这是真理。

302 戴蔓冲朱烨笑笑，端起脏水盆向外走去。朱烨的眼睛一刻也不曾离开戴蔓，直愣愣地盯着她，就像盯着犯人。直到戴蔓的身影消失在门口，她才惘然若失地回过神来。我也一直在盯着她看，就像盯着病人。当她发现我正目不转睛地看着她时，久违的红晕又挂在了脸上，略微显得有点尴尬，手足无措的样子。

303 “你敌视她？”我直截了当地问。朱烨的脸更加红了，有点小声细气地说：“胡说，我敌视人家干吗？”“那你干吗直勾勾地盯着她看？”“切，你才直勾勾的呢，人家是明星长得漂亮，我养养眼不行吗？好色又不是你的专利。”说着将手里拎的水果袋放下，拿出一根香蕉，坐在我床头的凳子上。

304 都这样了，我还好哪门子色啊？摇头道："我不好色。""才怪！""我色你了？""你敢！""不敢，再说你也没啥可色的啊！""你……"朱烨气急一下将香蕉塞进了我嘴里，嗔怒道："噎死你得了。"毕竟体弱，我竟然被憋得有点儿窒息，朱烨见情况不对，慌忙把香蕉拔了出来。这一幕，恰好被刚倒完水正要进门的戴蔓看见了。

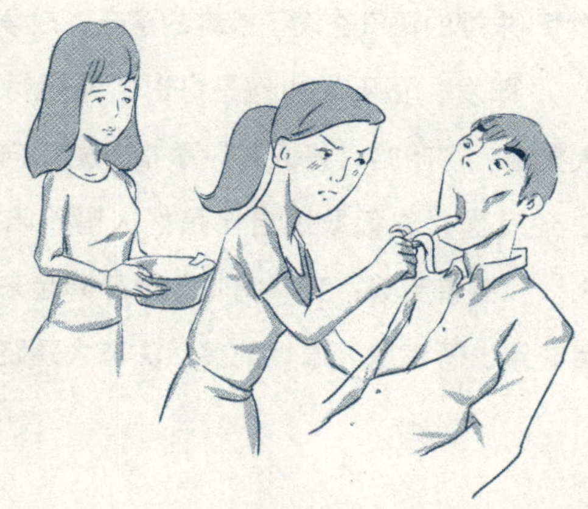

305 我依旧住在重症观察室里，这里和普通病房最大的区别是没有洗手间。至于为什么，我也不知道。只知道这样很不方便，弄点水都要进进出出好几趟。当戴蔓倒脏水回来时，正看见朱烨从我嘴里拔香蕉，我被憋得满脸通红的样子，她似乎很心疼，急道："不能这么大口地给他吃，要一点点喂，你歇着，我来吧。"

306 朱烨站起身来，把刚从我嘴里拔出的香蕉丢进了垃圾桶，冷冷地说："要喂，你自己剥去。"此时我的呼吸终于顺畅了，听出了朱烨话里的火药味，不高兴道："你干吗朱烨？是我惹了你，你怎么迁怒好人？"戴蔓大方地笑了笑，说："没事儿，大叔别生气，我再剥一只就是。"朱烨冷笑着反问道："好人？"

307 朱烨的语气充满了挑衅的意味，战争似乎一触即发，正不知如何是好时，朱嶝衍和蒋楚来了。朱烨大笑道："哈哈，好人？"手指分别指向他们仨，"你，你，还有你，你们敢说自己是好人吗？哈哈，真可笑，哈哈……"笑着笑着，又"呜呜"地悲鸣起来，然后梨花带雨地哭着跑出了病房。朱烨的突然失态太蹊跷了，令人匪夷所思。

308 所有人都陷入了沉默。我无法理解朱烨怎么会一下子就变成了这样。她受了什么刺激？就因为我的一句玩笑话？还是因为戴蔓要替换她喂我吃香蕉？其实我不用别人喂的，我有只手可以动可以自己喂自己。戴蔓也抽噎了起来，我想她是因为委屈才哭的。朱嶝衍拍了下蒋楚肩膀，转身冲了出去。

309 我劝戴蔓别哭了，看她委屈的样子真让人心疼。我说：“你的眼泪会瓦解我的意志，甚至整个人都会被你融化成蒸气。”她破涕为笑，娇嗔道：“贫嘴。”就两字，却说得我心里一阵酥麻，有种莫名的幸福感。很多时候，话不在多，完全在于它的张力和意境。而这种张力和意境只可意会不能言传，令人陶醉。

310 我正陶醉于某种幸福时，蒋楚莫名其妙地叹息道：“唉，或许我们真的错了。蔓姐，你先回去休息吧。”我也说：“是啊，都辛苦一下午了，回去休息吧，愿意来明天再过来。”戴蔓细致地帮我捋顺额前的一缕头发，“头发长了，都挡眼睛了。手术的时候怎么没给都剪掉，呵呵，老男人还是留短发精神。”

311 戴蔓幽幽地说着，眼神里生出了些许哀愁。这让我意识到一丝不安，怎么他们每个人都怪怪的？蒋楚说的“或许我们真的错了”又是什么意思？他们似乎有什么事情在瞒着我，到底是什么呢？难道我的身体状况比医生说的，甚至比我想象的还要严重？戴蔓的举动怎么就像是和垂危的亲人道别？难道，我要死了吗？

312 “你们这都怎么了？一个个的都那么奇怪，出什么事儿了？”我不安地问。蒋楚摇头道：“没事儿。”戴蔓的眼泪“刷刷”流了出来，拼命摇头。我越发地不安了，“不对，你们肯定有什么事在瞒着我！告诉我，到底怎么了？是不是我活不长了？”蒋楚一愣，“瞎说，您想哪去了？”又对戴蔓道：“你先回吧。”

313 戴蔓走了。临走留下一句特别温暖的话，暖到灵魂：“大叔，记得想我。”一句让旁人听来微不足道的话，却让我幸福到失眠。脑海里反复地闪现她娇羞的样子，那么甜，那么体贴。她给的爱与温柔，宛如神赐。真幸福！我想要这幸福，想牢牢抓住，想让它永恒。怎么办？我该怎么办？亲爱的，请你告诉我！

314 我挣扎在自己的灵魂里，思绪飘忽成夜的孤帆，在深海摇曳。每一朵浪花都是一只魔力的手，都企图将我摧残。我需要斗争，需要与夜与海浪与礁石抗衡。我需要战胜一切，包括我自己。不可以懈怠，更不可以消极。我是大叔，勇敢的大叔。不在挣扎中爆发，就在抗衡中死磕。与命运与身体与意志死磕到底！

315 为了爱，我要扬帆起航，即使惊涛骇浪，纵然万丈深渊。不认命，不认输，赢回自己，绝不放弃！绝不！我是大叔，坚强的文达书！如果活着却不能爱我所爱，那与死何异？与其活得憋屈，不如拼死一搏。我必须与命运抗争，我要站起来！哪怕代价惨重，哪怕付出生命。你用青春赌爱情，我拿生命赌命运！

第十二章 chapter twelve 暗

如果夜真的那么黑，从此我再也没有醒来，那么宝贝，你听我说，不要哭泣，这里所有的文字,都将是我留给你的最后遗言。你不用悲伤，别让泪水寒了衣衫。你要擦干泪，像我一样，像爷们儿一样，用我留给你的信念，打造一把坚韧的剑，锋利地刺向幽深幽深的黑暗……

——《大叔念》

316 整夜无眠。想了无数种方案，又都一一被自己推翻，最后得出结论，还是卸掉碍事的骨头比较靠谱。天亮时，迫不及待地让方亮把医生请了来。再次重申了我的方案，态度十分坚决。医生还是摇头，说我不懂医，不懂骨架结构，不是我想的那么简单。但见我怀着赴死的决心，最后还是答应请示一下院里领导。

317 我知道接下来将是漫长的等待。以医院的办事效率来说，应该不会那么快给我个明确答复的。那就等吧，我在心里安慰自己。这时朱嶝衍推门进来，满脸堆笑地说:“达书，准备一下，市里领导来看你了，还有记者。”果然，在他身后紧跟着两个扛着摄影机的人，随后在一群人的簇拥下，领导器宇轩昂地走了进来。

318 领导看上去是个慈祥的好领导。他和蔼地问我感觉怎么样，又说对不起我，这么久才来看望我这个大英雄，希望我不要见怪，放下思想负担，好好养伤，有什么困难及时提出来。在领导讲话的时候，我发现有双眼睛，很特别的眼睛，一直在偷偷地瞄着我，顺着领导肩膀看过去，是位拿着相机的女记者，格外眼熟。

319 领导讲完话，秘书立即呈上来一张大大的证书和一枚别致的奖章，闪光灯下，领导亲自把奖章别在了我胸前，又亲自将证书颁给了我。这时，医院的院长捧着一朵大红花挤了进来，笑眯眯地给我戴上了。我有点懵，也有点激动。长这么大，还头一次被戴上这么大的大红花。接着，一张放大的支票，被抬了过来……

320 喷血！支票上赫然写着——贰佰伍拾万元整。恐怖，怎么会给我这么多钱？这可相当于中了半个双色球的头奖啊！王一仑要是知道自己费劲巴拉地杀了三个人才抢到798元，而我撞了一下他，就得了这么钱，该作何感想呢？250万，这可是250万啊！有的人就算把自己累成个驴样，一辈子也挣不来个零头啊！

321 这时候那位女记者凑上前来，问道："请问文先生，此时此刻您有什么感想？"我刚想开口实话实说"我老爸终于可以过上好日子了"，突然发现朱嶝衍朝我使劲眨巴眼睛，一下子就意识到了什么，于是说道："感谢国家培养了我；感谢政府栽培了我；感谢警察挽救了我，谢谢国家，谢谢政府，谢谢BTV……这个荣誉属于祖国！"

322 女记者一挥手，示意停止录像，然后很严肃地对我说："大叔，认真点，这可是录节目呢，回头要上《光荣绽放》的。你这样说，肯定过不了，配合一下，严肃些。"我注视她，想在她脸上找到某种真相。"你——是黛凝吧？"我问。一定是@BTV黛凝！我记得她就是这个节目的导演。果然，她狠狠地点了点头。

323 和@BTV黛凝在微博里一直聊得很好，真人却始终无缘得见。据说她是国家一级导演，是制片人田歌最得力的干将。“我这还没光荣呢，怎么也能上你们节目啊？”当领导们走后我问黛凝。她笑了笑，唇红齿白，“你已经很光荣了啊！立这么大功不叫光荣，那什么才叫光荣？”“光荣不就是牺牲吗，可我也没死啊？”

324 “哈哈！”黛凝笑弯了腰，“谁说光荣就是死了呀？”我被她笑得有点发蒙，我的话有那么可笑吗？我怎么不觉得。不都说牺牲就是光荣吗？没死那叫什么光荣呢？这不是欺骗组织，欺骗群众吗？我陷入了沉思。突然又灵光乍现，虽然我活着，却已牺牲了。我牺牲了比生命更宝贵的东西，比如良知，比如道德。

325 不想再纠结下去了，既然被“光荣”了，那我就厚着脸皮接着就是，干吗那么较真呢？黛凝问我：“大叔，你的伤势真的很严重吗？真的全身都没了感觉？”我望着她，冷冷笑道：“呵呵，你以为我像个别不良记者呢？动辄就编造假新闻愚弄大众。”黛凝脸刷的就红了，我知道我的话说得有点过了。

326 守着和尚骂秃子，我这不是没眼力见儿吗？于是赶紧赔笑道：“丫头，对不起，我不是那个意思。大叔我养病养出了毛病，矫枉过正，你别介意。”黛凝大度地笑笑，说：“没关系，你又不是说我。大叔，那就没有什么可行的治疗方案吗？要不出国去看看呢？”“出国？算了吧，都这样了，就别给祖国人民丢脸了。”

327 黛凝很焦虑，看得出她是真心替我着急。我安慰道：“你别一副愁眉苦脸的样子，能活着我就已经很感激上帝了。”“可是……”“没什么可是，其实我觉得治疗办法也是有的，比如将压迫了主神经的那块骨头卸掉……”“啊？这也太恐怖了，这办法能行吗？”“我不知道，我自己琢磨出来的，医生没同意。”

328 黛凝听我详细讲完了我的“卸骨”理论后，说：“你说得也挺有道理的，既然根本就没有痛感，尝试一下这个办法，也未尝不可，就是不知道这样会不会有生命危险？”我笑道：“呵呵，死又何惧？与其这样干等死，还不如放开了折腾。”黛凝听后眼泪簌簌地掉了下来，点点头说：“那我帮你想想办法吧！”

329 黛凝去走廊打了个电话，然后直奔院长室走去。大约十分钟后，院长带领专家组来到了病房。专家们详细看了我的病历，又问了主治医生几个问题后，下了一个令人毛骨悚然的结论："患者自己提出的这个治疗方案虽然有悖常规，却可以一试，一旦成功，将会突破一个重大的医学课题，完全具有——革命性！"

330 三天后，手术方案终于出台了，一切OK，却被最后一个环节难住了——签字，签一张生死状。问题的关键不是签不签，而是由谁来签？我说我自己亲自签，却被否决了，必须得直系亲属签。这可就难住我了，在北京我举目无亲的，要说跟直系沾点边的也就戴蔓吧？可她最多也就算半个准亲属，暂时并不直接也不亲自属于我啊？

331 我说："由我准女朋友来签字吧。"院方拒绝。我又说："那就让蒋楚或者方亮签字吧！"还是被否决。我急了，"那总不能把我那七十多岁的老爸接来北京签字吧？"这回他们同意了，"没有比您父亲更直系的了，他签字完全具备法律效力！"我晕，我要是提我妈，你们是不是还得把她老人家从天堂请回来啊？

332 黛凝一旁听得着急，不声不响地拨了个电话，通了后，她简单向对方说明了情况，然后把电话交给了院长，院长一愣，只听他冲着电话毕恭毕敬地说："是，行，好，一定，局长您放心……"黛凝收回电话："伯父，谢谢您。"然后挂断电话，对院长说："拿来吧，我签。"院长一脸无奈地将协议交给了她。

333 再过三个小时就要手术了，这剩下的三个小时，对我来说尤为关键。或许这将是我人生中的最后三小时吧？呵呵，我知道，我在赌，在拿我的生命赌。我要赢回什么？身体，还是爱情？或许还有尊严吧？蒋楚、朱嶝衍、朱烨、方亮、黛凝都来了，甚至王蕃也特意从济南赶了过来，却惟独不见戴蔓姊妹，突然感觉有些不对劲。

334 王蕃是昨天夜里才知道我要动手术的。我的人生貌似真的进入倒记时了，任凭我心态再好也无法入眠，睡不着觉就在微博里瞎矫情：人之所以会有挫败感，是因为早上不爱起床，晚上不爱下线，微博虽好，切忌贪恋。我不知道为什么要写下这句话给大家，是遗嘱吗？希望他们珍惜生命，爱惜生活，织好围脖？

335 @王蕃：怎么了，这是要干吗？她在私信里问。发送给王蕃：不干吗，我冷，抱下吧！@王蕃：抱是可以随随便便的吗？开玩笑。发送给王蕃：那你就别随便抱。A.可以把我当成亲叔亲情地抱；B.可以把我当个孩子无邪地抱；C.你可以把我当成梦中的某种马上的某种子浪漫地抱。请任选一种认真地抱……

336 王蕃到底没能给我一个拥抱，但她说手术时会赶来。我刚想表示感动，她说我带《新聊斋》节目组去做期现场。于是，悲哀地发条微博，睡去。@文达书：一个拥抱，未必是怜悯。一个拥抱，可能是一种拯救。每到无助，总期待被一个拥抱救赎。而每次，都是深层次的凄凉。大叔凄凉地睡去，愿我还会醒来。

337 就要进手术室了，戴蔓还没出现，心里有些焦急。问蒋楚，他先是一楞，然后摇头说不知道，又说可能是在片场一时下不来，等您手术出来时她应该就在了。我尴尬地笑笑，不语。也好，一旦手术成功了，就让戴蔓看到站起来的我，相信她一定会很开心。OK，戴蔓，等着吧，等我用站立的姿势来爱你。

338 请让我用站立的姿势来爱你。犹如尊严，矗立在信心的十字街头，不再彷徨。将有一种力量，完全吸引。一双眸，以平等的视角，深深地予以肯定。请让我用站立的姿势来爱你。我可以爱得更加坚定，更加顽强。我要站立着牵你的手，走进太阳雨，奔向七彩虹。请保留你的微笑，等我用站立的姿势来爱你。

339 时间犹如碎片，在黑洞中凋零。坚硬的地壳、身体以及骨头，分崩离析，宇宙瓦解。一缕爱你的魂，在黑暗中飘忽。柔弱却又倔强，想撕开一个缺口，闯出去。闯向光明。光明之下，美丽的太阳雨，浪漫地浇洒。你伫立在雨中招手，诱惑我，努力挣扎。你在微笑，你在微笑着等我，等我从黑暗中爆破而出。

340 不知道是梦着还是醒着，身体软塌塌地没有力量。我听不见自己的呼吸，也听不见天堂口母亲对我亲切的呼唤。我无法听到、看到、感知到一切，也无法分辨真实与梦境。我正被拯救吗？为什么我的灵魂如此飘忽，肢体绵软？我死了吗？却又为什么如此想你，为什么想你的时候，原本没有知觉的心脏会隐隐作痛？

341 昏天暗地，思绪飘忽，不知生死。我似乎看见了自己的灵魂，它飘在白云之上，鸟瞰这一世的尘寰。似乎在留恋什么，它不想就此烟消云散。那么轻灵，那么微不足道，犹如尘埃，渺小而卑微。这就是人死后的境况吗？下一刻，灵魂将破散，被风卷走，彻底消失在这个世界上，尔后，被人渐渐遗忘或者偶尔想起。

342 活着的时候没能做好活人，死后做个死人也将是痛苦的。我七岁时偷过隔壁二柱子两毛钱，本想长大后还给他，可长大了又觉得这两毛钱不足挂齿，提起来会被人笑话。再后来很有钱了，半夜梦起过这两毛钱的遗憾，打算醒了就还，翻一万倍地还，可醒来后忙着忙着就给忙忘了。现在又想起来了，却已无能为力。

343 也不知道飘忽了多久，灵魂开始疼痛。灵魂也会疼痛吗？痛感越发地剧烈。我到底作过什么孽呢，死了死了还要遭受这样的折磨。浑身开始痉挛，疼痛已经到了无法忍受的地步，我拼命地挣扎着，与痛苦抗挣着，死亡真的会痛苦吗？汗如雨下。死人也会流汗？蓦的，我睁开了双眼，视线内纱幔飘扬，这就是天堂？

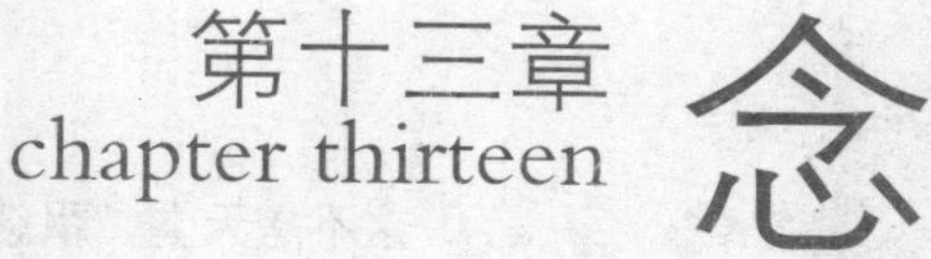

第十三章 念

chapter thirteen

将满怀的相思，撒给天宇，黑了这尘世。没有一颗星星是明亮的，那么幽暗，那么忧伤。没有一个影子肯追随我，那么孤单，那么孤单。或许有，它累了，正躺在黑暗里安然入睡。愿它能梦到我，在梦里和我说话，说那句：你不是一个人走，有我随行……

——《大叔念》

344 这不是天堂，飘忽的也不是纱幔，而是穿着白大褂的医护人员，我还是躺在病床上，我没死，还活着。我真的活着！只不过活得有些痛苦，而痛苦中又搀杂了幸福——活着的幸福。视线开始逐渐清晰，我看清了摇头医的面孔，此刻他面露微笑，另外的一些面孔也都在笑着，这些笑脸给了我无限安慰。手术……成功了?

345 是的，手术成功了！而且根本就没有卸掉我任何一块骨头。专家们说，其实只是将那块断裂并且错位的脊骨矫正了，将被压迫的神经释放了出来。还说了一堆我根本听不懂的术语，和一些他们如何如何不容易，如何如何技艺高超，如何如何攻克了难关的废话，总之，他们用精湛的医术、创新的精神拯救了我。

346 “匪夷所思。”当我在微博里发布手术成功的消息后，第一时间内收到了一条来自苟战战的回复。@苟战战：简直匪夷所思。根据你所说的病例，以及治疗方案，能取得成功，简直有些荒诞。不是你的主治医生之前搞错了你的伤情，就是此刻你讲错了手术的具体措施，否则绝无可能成功。这根本就不合乎医学常理。

347 苟战战的回复立刻引起了脖子们的大辩论，我发现多数人是支持他的观点的。笑看大家争得面红耳赤，我不置可否。微博太可爱了，这些博友也太可爱了。还能亲眼看见大家激辩，甚至是吵架，真是幸福死了。到底是医生搞错了病情，还是我讲错了手术方案，对于此刻的我来说已经不重要了。只要能重新站起来，神马都是浮云!

348 王蕃在私信里问我恢复得如何，又说那天直到手术结束，才和同事们离开医院，赶回济南。看着她的私信，眼眶里有了一抹潮湿，暖暖的。心里便有了一种感动，多了一份安宁。突然想起了算卦老道说过的那句谶语：遇王而乱，遇蕃则宁。原来竟是应在了这里，乱我者杀人犯王一仑，宁我者不正是善良的王蕃吗?

349 一周后，身体各项机能逐渐好转起来。虽然还不能下地，无法立刻站起来，但周身的知觉已经基本恢复正常了。这些天里，蒋楚、方亮以及朱烨他们轮番在医院照顾我。蒋楚尤其辛苦，几乎每个晚上都在医院里陪护我。被熬得神情萎靡，疲惫不堪，看来是累坏了，真让人心疼。而戴蔓姐妹俩却一直没有出现过。

350 几次开口询问戴蔓到底哪去了，却都被蒋楚给岔开了话题，这令我担忧起来。戴蔓到底怎么了？一定是出了状况，大家一定有什么事在故意瞒着我。我越发地焦急起来。我想她，非常地想。每次想到她，心里都会甜甜的，而甜里又搀杂了些许苦楚。有点揪心，有点难过。戴蔓，你在哪里啊？大叔想你，思念你。

351 思念是什么？思念是想你时的心跳，紧张并快乐着；思念是梦里的霞彩，飘渺却美丽着；思念是一抹幽蓝，忧郁又深刻着。思念是幸福着的酸楚；思念是失眠时的伴侣；思念是揪心的疼痛；思念是爱情的祸首；思念是伟大的卑微。思念是高尚的；思念是纯洁的；思念是有生命的，它有翅膀，它会飞。

352 没有戴蔓的手机号，便在微博里发私信给她。发送给戴蔓：丫头，手术成功了，大叔有望站起来了，呵呵，你高兴吗？好多天没见到你了，还好吗？想念。在等待回信的过程中，去她微博里转了转，发现她最后的一条微博竟然是十天前更新的，内容匪夷所思：人生是戏真情远，戏里相思泪已干。

353 "戴蔓出事儿了！"我大声喊道。戴蔓一定出事儿了。否则怎么留下那句莫名其妙的诗就再也没在微博里出现过？我情绪有些失控，挣扎着想爬起来，蒋楚双手按住我肩膀，安抚道："大叔，您别着急……"我有些歇斯底里地咆哮道："告诉我！到底怎么了？她到底怎么了？！"

354 蒋楚劝慰道：“大叔，淡定啊。戴蔓也真是的，这么久都不来看您，还玩起了人间蒸发，真是无情无义。算了，这样的女人不值得您惦记，忘了她吧！等您出院后，我介绍个比她好一百倍的妞给您认识……”我打断他：“胡说八道，你怎么可以诋毁她，好歹她也是你大姨姐来着，你这么说她才叫无情无义。”

355 朱烨来时，正听见我和蒋楚的谈话。她异常冷静地望着我们，良久，徐徐地说：“戴蔓——出国了。”空气凝结，时间静止，犹如电影画面被定格，我呆愣在原地。许久，我才醒悟过来，“又来个胡说八道的。”蒋楚使劲朝她眨巴眼睛，这让我意识到，事情可能没我想的那么简单，“戴蔓真出国了？”

356 朱烨拿出一张照片，犹豫着递给我。当我看清照片上的内容时，眼前突然一黑。“怎么会这样？这个老外是谁？”照片是戴蔓与一个欧洲佬的合影，两人暧昧的样子，俨然一对恋人。朱烨冷冷地说：“据说是戴蔓的未婚夫。”她转向蒋楚，“想必，你是最清楚的吧？”蒋楚气急，骂道：“朱烨，不多嘴你能死啊！”

357 犹如晴天霹雳，狠狠地击中胸口，心脏痉挛，泪水汹涌。戴蔓有未婚夫？为什么会是这样？悲伤。揪痛。“不，你们骗我的，你们在骗我对不对？”我无法控制自己的情绪，霍的爬起来，使劲抓住蒋楚的胳膊，疯狂地摇晃。“大叔，您能坐起来了？”蒋楚狂喜不已，激动地抓住我的双肩，紧紧地，紧紧地。

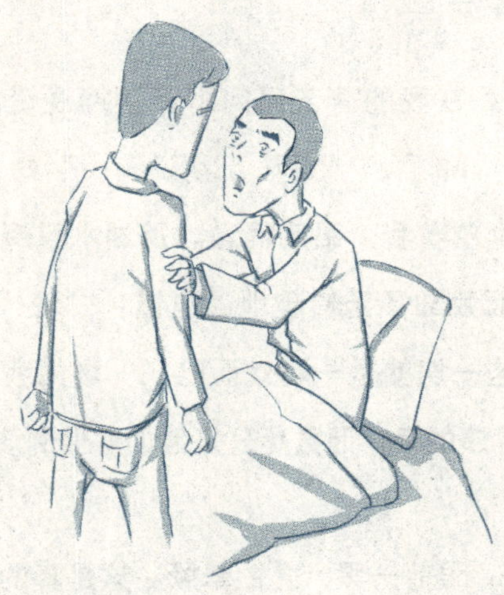

358 我为自己突然的举动而惊呆了！低头打量自己，我真的坐了起来赢回了自己？可我却不开心，无法开心，我赢回了身体却又输掉了爱情。可戴蔓为什么要骗我呢？内心无比纠结。蒋楚却开心得有些过分，又蹦又跳地狂欢乱叫，甚至夸张地分别向东南西北拱手作揖，苍天大地地一通感激，眼睛里噙满了激动的泪水……

359 朱烨也哭了。美丽的双眸，娇柔的泪水，那么动人，那么可爱。这个善良的姑娘，就凭她先后为我流过的那些眼泪，我在心里就认定了她的善良。她是个有情有义的好姑娘，也是个不会撒谎的好警察。当蒋楚跑出病房奔走相告时，我问她：“丫头，请告诉我，这一切到底是怎么回事儿，戴蔓……怎么会有未婚夫？”

360 在我的苦苦逼问下，不擅说谎的朱烨终于投降了，“好吧，我说……”她拉了张凳子坐下来，冷静地望着我，眼底清澈。那湖水般清澈的大眼睛，令人迷醉。而我却了无情趣地逼迫道：“说!” “唉……原本……原本这一切就是一场戏而已。一场由我们队长和蒋楚两人策划并导演的戏，而戴蔓只是他们雇佣的演员……”

361 眼前一黑，几欲晕厥。这是真的？未等发问，朱烨继续说道：“不过，他们都是出于好心。这么做的目的，无非是想刺激你的神经，希望奇迹出现，让你尽快好起来。这所有的一切都是蒋楚他们策划出来的。这么做只是想给你惊喜，给你活下去的信心和动力，并且希望奇迹能出现，万一真给刺激得你站起来了呢……”

362 这时蒋楚正好回来，叹息道："对不起大叔，准确地说，勇敢市民的事情是老朱运做的。戴蔓的事情……我承认，是我一手策划的。大叔，您别激动，也别那样看着我，我没有恶意。我知道那天是因为戴蔓您才心里不痛快，才飚车的。我看得出来，您在乎她，喜欢她。所以我……所以我请戴蔓假装爱上你，给你冲冲喜……"

363 真想狠狠地扇蒋楚一记耳光，然后再狠狠地骂声"混蛋"。实在是太混蛋了，竟然拿感情当儿戏，竟然用这样的卑鄙手段来"调理"我，混蛋透顶！我冷冷地看着一脸无辜的蒋楚和尴尬之极的朱烨，平静地说："你们回去吧，我困了。"然后，倒头睡去。迷糊中，听见蒋楚说："大叔，求您骂我打我吧！"

364 我没有责备蒋楚，独自悲哀地躲进了梦里，编织着一场虚妄的爱情。爱情发生在一个下着太阳雨的午后。一位美丽的姑娘，手里捧着鲜花，穿着洁白的婚纱，轻盈地向我奔来。白纱舞动，衣袂飘飘。我幸福地迎上去，呼喊她的名字。突然一声炸雷，掩盖了我的呼喊。雨下得更大了，飘舞的婚纱变得沉重起来。

第十四章 chapter fourteen 破

我爱的每一个你，都是我的信仰，我谦逊却又热忱地忠诚于每一个你。每一个你都请莅临我的灵魂，观我真诚的供奉每一个你。每一个你都请凌驾于我的信仰，看我虔诚地膜拜每一个你。我爱的每一个你，请默许我一个夜晚，宛如春蚕，逾越寒夜，在暖暖的时光里，破茧而出……

——《大叔念》

365 在医院里又住了十几天，身体基本已无大碍，可以拄着拐杖自由走动了。这些天里，我一直保持着沉默的姿态。不怒不恼，淡泊宁静。白天在朱烨的搀扶下偶尔会到医院的花园里散步，夜深人静时，会偷偷地在微博里转转。微博还是那个微博，大家依然玩得风声水起，绝对不会因为谁的缺席而停止狂欢。

366 “狂欢是一群人的孤单，孤单是一个人的狂欢。”阿桑的这句歌词，久久地，久久地在脑海里回荡着。由此，让我想起了那个不唱歌的阿桑，不知道她现在过得好不好？我信手点开她的微博，才发现，这丫头有好久没上来过了。于是打电话给她，谁知电话接通时，话筒里传来的却是一声冰冷的问询：“谁呀？”

367 我皱了下眉头，这丫头是不是在睡梦中？于是抱歉道："丫头，你在睡觉吗？是我，我是你大叔。"电话那端传来一句："你是谁大叔啊？瞎认什么亲戚，我还是你大姨妈呢！""我……""我什么我……咦？你说你是大叔？文大叔？！"阿桑终于想到了我，"对不起呀大叔，我手机丢了，补卡后以前存的号码都丢了。"

368 和阿桑简单闲聊了几句，突然觉得她变得陌生了，语气里充满了疲惫与厌倦。我只好知趣地说："丫头，你没事就好，我还有事情要忙，先挂了，有时间再聊。"挂了电话，我苦笑着摇了摇头，不无感叹地想，90后女孩对事物的保鲜期还真短，这才几个月啊，新鲜感就没了，就觉得不好玩了，没激情了，淡漠了。

369 无暇纠缠90后的保鲜期问题，索性不再去想。现在我面对的是戴蔓的问题。真的就此结束吗？我不甘心地再次给她写了私信，渴望能得到回复，哪怕只有一个字，或者一个表情符号也好。而我知道这是徒劳的，毕竟她只是演员，大剧谢幕，转身离场，了无牵挂。一切宛如没有通关的游戏，她在里头，我在外头。

370 没有理由去怨恨她，甚至也没理由去责怪朱嶝衍和蒋楚，虽然荒诞，但大家终究也是一番好意。此刻，观众也已散尽，惟我惘然若失。这一切究竟是戏还是人生？既然一切的一切都是假的、虚无的，那这出戏里的另一个道具——250万奖金又怎能当真。想想这个数字我就想笑，如今我还真成了二百五。

371 还是将钱用在该用的地方吧！第二天清晨，电话约了一家基金会的领导，当面签署了捐赠协议，委托他们用这笔钱给西南旱区建造一批水窖。据说250万至少可以为833个家庭每家修建一个30平的水窖。捐出了这笔原本就不该属于我的钱，心里敞亮了许多。就在当天下午，方亮闯进我的病房失声喊道："出大事儿了！"

372 方亮向来稳重，鲜见他如此慌张。我心里陡生不祥之感，表面却仍故作镇定，“慌什么，我又没死。坐下来慢慢说。”方亮做了个深呼吸，吞吞吐吐道：“都……跑……了……”声音仿佛是从他喉咙里直接蹦出来的，我追问：“什么都跑了，把话说清楚。”方亮急得眼泪都快流出来了，哭道：“公司员工全都跑了……”

373 “员工跑了？！”我惊诧地望着方亮，“怎么会这样？”方亮显得有些气愤，“这得问你啊，你上午为什么将公司账户里的钱全部给划走了？你这样做，大家能不恐慌吗？你这是抽逃资金，是金蝉脱壳，是要把大家都给甩喽！”我听得有些莫名其妙，“什么乱七八糟的啊？我划走的那笔钱原本就不属于公司啊！”

374 方亮一愣，端了杯热水给我，“你别着急，先喝口水。”我抬手阻止了他递过来的水杯，“方亮，你把我给绕糊涂了。我上午是划走一笔钱，捐给了灾区，可那不是公司原有的钱，是政府奖励给我个人的……”“啪！”水杯落地，摔得粉碎。方亮惊愕地望着我，“我的天！哪有什么奖金啊？那原本就是个噱头……”

375 好事一出手，坏事跟着走。什么是好事？好事就是捐了自家的钱，圆了人家的梦，虚了自己的荣，开了人家的心；什么是坏事？坏事就是做好事把自己搞得倾家荡产，想哭都找不到北。生活总是这么黑色幽默，此刻我就像被阉了的病鸡，后悔得两只老肾隐隐发疼。可事已至此，后悔也无济于事。

376 熙熙攘攘的城市，行色匆匆的路人，生活马不停蹄流淌着。我终于走出了医院，重新汇聚到了久违的人海里。“该以怎样的姿态迎接新的生活呢？像苟且的蝼蚁暂且偷生，还是像匹奔腾的烈马不知疲倦地继续折腾？”我问方亮。方亮道：“你越发地深刻了。”我低沉地说：“不，这不是深刻，而是老成。我他妈老了！”

377 员工全部都走光了，偌大的办公室如同遭遇了一场浩劫，曾经热闹的场面已然不再，杂乱的物品上落满了灰尘。光线从窗帘缝隙中小心翼翼地透进来，折射出尘土飞扬的画面，恍如隔世。方亮茫然地问："我们该怎么办？"沉默了许久后，我掏出车钥匙和身上所有现金，"这是我的全部了，你都拿去吧！"

378 方亮诧异地望着我，"老大，你这是干什么？""你跟了我几年了？""三年。""三年说长不长，说短不短，一晃我们已经在一起打拼了一千多天，不容易啊！感谢你这些年来的不离不弃和兢兢业业！这些是你应得的，拿上吧，以后有什么打算？再找份工作还是自己创业？"方亮急了，"老大，别赶我，我不能走！"

379 方亮还是走了，是开着我那辆3.0走的，真有点不舍。可是话都说出去了，总不能再收回来吧？谁让咱是爷们儿呢。我爱车，车曾是我最迷恋的情人，而今却亲自转手他人。顷刻之间，我已彻底一无所有。坐在台阶上，望着空荡荡的世界发呆。时间在一秒秒地流淌，一寸寸地流逝……空荡荡的世界，渐渐地黑了。

380 当天完全黑下来的时候，方亮又回来了。“老大，我想我若就这么走了，实在是对不住你。车被我开走了，以后你连代步的都没有，如果不嫌弃，就开我那辆破吉普吧，虽说破了点，但动力还是蛮强的……还有，这七千块钱我也不能要，我把你仅剩的这点钱都拿走了，你怎么生活啊？你刚出院，还得补养身子呢。”

381 手里捏着方亮送回来的现金和吉普车钥匙，心底竟然生出些许感动和温暖来，就连肾也变得暖和了许多。钱还真是好东西啊，有了它男人腰杆子才有了硬度。此刻，我并非一无所有，至少还有辆破吉普。我乐颠颠地驾驶着我的廉价情人，向城郊奔去。本想就这么一直狂奔下去，却被陌华柔的电话打乱了计划。

382 陌华柔是我青梅竹马的妹妹。童年时，她说要做我的新娘。可我不喜欢鼻涕虫，拒绝了。长大后各奔前程，小时候的一切许愿与承诺，都成了童言无忌的笑谈。“哥，我来北京了。”电话里陌华柔简练地说。这妮子怎么没通知一下就进京了？“丫头，来北京也不提前告诉哥，什么时候到的，住在哪里呢？”我问。

383 让我没想到的是，陌华柔早就来了，只不过她来的时候正赶上我的手机刚刚摔坏，她联系不上我。当她听了我最近的系列遭遇后，哽咽道：“哥，你这是怎么了，咋遭了这么大的罪呀？差点没命不说，连公司也垮了。老天咋这么不公平呢！哥，你可要挺住呀，人都说大难不死必有后福，你以后肯定会大福大贵的……”

384 在陌华柔的强烈央求下，我带她回到空荡荡的公司。里里外外参观完后，她突然陷入了沉思。我踢了她一脚，问：“干什么你，装深沉？”她回头神秘地笑道：“哥，不如咱们再把公司开起来吧！”我摇头道：“开什么玩笑，公司资金都被我无意间给抽逃了，正等待法律制裁呢。我还拿什么继续开？”

385 “钱，我来出。”陌华柔一本正经的样子，“不瞒哥，我这次进京，有两个目的，一是扎根北京，艰苦创业。二是继续相亲，努力出嫁。”我望着她，笑道：“相亲？你相了快二十次了吧，怎么还没把自己给推销出去啊？算算年纪，你可是不小了啊，都成剩女中的战斗机了。可别再挑了，抓紧凑合一个得了。”

386 陌华柔笑道：“哈哈，二十次？二十的记录早都被我刷新了，我呀，正向百次挺进呢！”“啥，百次？”“是呀，一百次。我要是相亲一百次还没成功，那我就申请吉尼斯记录。”“我的妈呀，妹子，哥都不知道是该夸你了不起还是该骂你脸皮厚了，你有瘾啊，竟然相了近百次的亲？简直就是相亲狂！”

387 陌华柔叹息道："你以为我愿意相亲呀，还不是碰不上合适的主儿吗？"我劝道："是你太挑剔、太追求完美了吧？妹子，你听哥一句劝，这个世界压根就没有完美的事儿，哪哪都合适的主儿，那你也得结了婚，过上日子，才能真正验证出来啊！哥劝你赶紧回归现实，踏踏实实地找个差不多的嫁了算了吧。"

388 "唉！哥，我长得不说闭月羞花，至少也是要哪儿有哪儿啊，你长成这样都没着急，我这么个大美人着什么急呀？大不了，拉你做垫背的呗。""你三十一了吧？""二十八。""我怎么记得你比我小四岁呢？我可是三十五了啊！""你说的是虚岁，我说的是周岁。""周岁？还'诌'岁呢！有周三年的吗？"

389 "那我可不管，反正我就二十八！"陌华柔蛮横耍赖。我笑，"几年没见，脸皮还是那么厚。哥免费送你句成语——厚颜无耻。"本以为她会像以前一样对我一顿拳打脚踢，谁知这丫头转了性，竟然深沉起来，略有所思地问："哥，你以前做二手房交易，生意应该不坏吧？""简直就是捡钱，若非我出了状况……"

390 “在这里，不管做一手还是二手，房子永远是最火爆的主题，只要和房子搭上边的生意，没有不火的……”一提起房地产经，我的话就有点收不住了，喋喋不休地拉开了话匣子。陌华柔耐心地听我说着，不住地点头，眼睛里不时地闪现着赞许与贪婪的光芒。那是欲望，对钱的欲望。这丫头没变，还是那么物质。

391 听我说完，陌华柔冷静地说：“目前房地产生意确实还算好做，利润也可观。可我们得割肉，不能再做了。”真是出乎意料，她竟然对这么赚钱的事儿不感兴趣？虽然我也厌倦了，也知道这行再做下去的隐患和风险，但毕竟是凭借我从业三年的经验判断的，而她是怎么认识到这些的？“理由？”我有点好奇地问。

392 “理由很简单，政府干预。北京刚刚出台的购房新政规定，同一家庭限新购一套商品住房，这势必会影响到置业的热度，也就是说，未来房产市场，尤其二手房市场将有所滑坡，因此，继续做下去将面临生存危机……”我赞许地点点头，笑道：“小样，行啊，‘士别三日，当刮目相看’，这话就是给你准备的吧？”

393 人就是不禁夸，被我一赞扬，陌华柔的小尾巴就翘起来了，洋洋自得地说：“那是啊！你妹我是谁啊！”“那你说说，不卖二手房，我们卖什么？”“卖智慧！哥，你不是学广告的吗？又做了那么多年的经营，咱们就开家营销策划公司吧，为企业提供策划咨询服务。咱以后不卖房子了，卖脑子卖创意卖智慧卖服务。”

394 我的热情突然被点燃了，“好！那咱们就制定个基本方针——专为微小企业服务！那些成型的策划机构都奔着大企业使劲，不管水平怎么样，张嘴就敢要几十万几百万的策划费，而那些初创的微小企业哪承受得起，咱们不怕小，越小越精神，越小越给力，一来可以好好练练手，二来可以培养忠实客户，咱们同客户一起进步！”

395 学得好不如长得好，长得好不如浪得好，浪得好不如嫁得好，嫁得好不如当小三儿的；写诗歌的赚不过编段子的，编段子的赚不过编剧本的，编剧本的赚不过开赛车的，开赛车的赚不过抄小说的；卖土豆的干不过卖绿豆的，卖番茄的干不过卖紫茄子的，卖大葱的干不过卖大蒜的，卖苦力的干不过卖创意的！

396 开一间专门卖创意的公司着实不错！一来这行本钱少风险小；二来我读书的时候学的正经专业还真是广告，虽然大部分时间都装文艺青年浪费在了风花雪月、吟诗泡良的非正经行当上了，可不管咋说也算科班出身，加之这么多年来在商业圈里摸爬滚打地也积累了不少经验。现在又有陌华柔的帮衬，值得一试。

397 于是，在一个阳光明媚的上午“文华营销策划机构”开业了。开业庆典，蒋楚带着公司一众艺人前来捧场，场面好不热闹。朱嶝衍和朱烨则带来了一堆烟花爆竹，我喜欢闻硝烟的味道，于是，亲手点燃了一串万响的鞭炮。鞭炮声中我虔诚祈祷，祈祷一切阴霾就此被炸成粉末，随硝烟弥散；祈祷阳光永驻，快乐永存……

第十五章 chapter fifteen 变

谁将你涂成了月亮的颜色，飘渺在我的夜空？谁给我这样的权利，在虚无里，肆无忌惮地朗读思念。脚下的大地，头顶的苍穹，奔火的飞蛾，沦陷的矜持，请你们聆听，聆听我无言的大爱，聆听我寂寞的无声！

——《大叔念》

398 新公司新气象，万事具备只欠业务。一个没有业务的公司只能算是个摆设，而且这个摆设还很烧钱。业务怎么来？当然是靠人拉，靠关系要，靠运气碰，靠实力竞。关系我没有所以靠不上，运气靠不住所以不能靠，竞标没实力暂时竞不过。那就只剩下靠人拉这一条最原始的路可以走了，只是……我暂时还没人。

399 “没人就招人！”陌华柔说干就干，立即在窗户上贴了一张招聘启事。一上午过去了，却无人问津。我说她老土，都微博时代了，干吗不去微博里招？陌华柔说网上的人靠不住，再等等吧！我俩正争辩时，门外“扑腾”一声，陌华柔笑道：“看，有效果吧，来人了。”乐颠颠地跑过去开门，结果放进来的却是一只肥肥的猫。

400 陌华柔被突然造访的肥猫吓了一跳，“妈呀”一声差点撞墙，我扶住她，笑得好悬没把眼珠子喷出去。“哈哈哈，你……” 陌华柔摩挲着胸口娇喘着，听我笑得那么肆无忌惮，有点生气了：“你咋这么没同情心呢，没看我脸都吓白了吗？”我蹲下去将肥猫抱在怀里，“怕什么啊，来猫去狗，越过越有，这可是只招财猫！”

401 这时，一个穿着露脐装的小女孩，边喵喵地叫着边走了进来，陌华柔显然还没从刚才的惊吓中回过神来，怯生生地问：“你……是猫还是人？”小女孩一眼看到了我手里的肥猫，没搭理陌华柔，喵喵地向我走来，焦急地说：“还我喵喵，还我喵喵。”看来她是肥猫的主人，我把猫还给了她，她高兴地抱起猫亲个没完。

402 小女孩正要转身走人，突然看见了窗户上的招聘启事，便又折了回来，瞪着圆溜溜的大眼睛问：“你们这里招工？”她看上去也就十六七的样子，有点小，陌华柔道：“我们不招童工。”小女孩竟然笑了，笑得极其明媚，她抱着猫给陌华柔鞠躬道：“呵呵，阿姨，我不是儿童，我都19岁了，今年读大四，正找实习单位呢！”

403 陌华柔本来就爱装嫩，一听人家叫她阿姨，原本就生着气的她，这下心里更不爽了，“谁是你阿姨？别套近乎，我们这不招实习生，抱着你的猫请回吧！”小女孩见陌华柔不开面，就转向了我，“大叔，我叫陈小星，就住在这附近，如果你们这里真的需要人手，就留下我呗！什么活我都愿意干，工资多少都行。”

404 “多少都不行！”陌华柔果断地拒绝着。陈小星给了她一个鬼脸，然后扭回头冲我微笑道：“大叔，您考虑考虑呗，我不是找不到工作，而是我觉得你们这里比较适合我。”我好奇地问：“为什么？”陈小星道：“因为离我家近，回家吃饭比较方便。”我被逗得哈哈大笑，陌华柔却喊道：“陈小星，你妈喊你回家吃饭了！”

405 到底还是没将陈小星留下，小丫头倒是不气馁，说了句非常经典的台词："我还会再回来的！"然后抱着她的肥猫喵喵走了。我拍了拍陌华柔的肩膀安抚道："好了，别生气了妹子。""谁生气了，和一个黄毛丫头我有什么气好生的。""没生气眼睛怎么变紫了？""啊？真的吗？哎呀，这个该死的小丫头，镜子，我要照镜子……"

406 这次招聘失败后，陌华柔终于洗心革面，开通了微博。毫无疑问，我成了她的第一个粉丝，而蒋楚则成了她的第二个关注。他们是在公司开业那天认识的，但我没想到的是，他们后来竟然相过亲。就在公司开业不久，陌华柔就开始向她的第二个人生目标迈进了，巧合的是，第一个相亲对象竟然是蒋楚。

407 蒋楚相亲？！真是个震撼的消息。他不是有戴延吗？怎么还玩起了相亲的游戏？陌华柔见我一脸的疑惑，解释道："似乎他前女友出国了，抛弃了他。他是在父母的逼迫下才去相亲的……""啥？你是说戴延出国了？她怎么也出国了？这都怎么了，现在的女演员怎么他妈都往国外跑呢？中国男人就那么不给力吗？"

408 23岁前，陌华柔根本不把男人当回事，因为有本钱。25岁时，她把男人当生活调剂品，不缺。过了28岁，她渐渐发现身边的未婚男人越来越少，于是便开始纠结了。家里三姑六婆的闲言碎语让人发狂，陌华柔这才开始理解她老妈说的“形势严峻”。她开始半推半就地接受各种相亲，流连于各种相亲场所，从期望到失望，从失望到绝望。

409 和蒋楚见面那天，阳光灿烂。面孔80分，身材80分，性格80分。80分男人！陌华柔心里开始有点小小的期待。直到和蒋楚坐了近一个小时，她心里的小小期待便灭了下去，决定马上把蒋楚给OUT了，心里感叹，如果当年听家里话安分结婚，现在连小孩都能打酱油了！蒋楚被出局的最重要的原因是，他太小。

410 酒是好酒，二锅头。菜是好菜，东北乱炖。我和蒋楚郁闷地喝酒，相互安慰。蒋楚是因为被家人逼迫相亲而折磨得几近崩溃，我呢？莫名地伤感。可能是因为戴蔓，也可能是因为最近的系列遭遇。我说：“靠相亲找到好对象，比奥巴马接受凤姐求爱的概率都低！”他点头表示认同。我问他：“戴延真的出国了？”

411 戴延的确出国了。酒过三巡，蒋楚神情恍惚地说："大叔，告诉你个秘密，其实戴蔓并没出国，那张合影是我PS出来的，老外旁边原本站着的人是戴延而不是戴蔓……"犹如晴天霹雳，手中的酒杯滑落，粉碎在地。我震惊地看着他，不敢相信地问："什么？！照片是PS的？那不是戴蔓，是戴延？真他妈混蛋！"

412 蒋楚这个混蛋！既然骗我你干吗不骗到底？既然隐瞒我你干吗不继续隐瞒？你他妈的知道吗？我宁愿戴蔓真出国了，受不住外国月亮的诱惑和老外跑了，也不愿意接受她故意躲开我，却又和我同照着一个月亮的事实。他妈的混蛋！你不该再提到她，你触到了我的伤口！你知道吗？我想她，非常非常想她。

413 “我喜欢你是圆润的，如同这夜的月，静谧地站在天空，俯瞰这一世的寰宇。别人说你是寂寞的，惟独我才明白，高高在上的旁观，洞悉这一世的不安。我喜欢你是冷清的，如同这夜的月，悄悄地站在对岸，瞭望这一岸的优柔。”我曾将全部的思念都转化成了文字，发在了微博里，本以为这将是我的最后一条《大叔念》。

414 戴蔓如果真的出国了，那么一切也就该有个了结了，不切实际的思念，会令人越活越虚无，越活越寡淡。所以写下这条《大叔念》后，我便开始尝试着学会遗忘。谁知，刚刚有了一丁点的效果，却被蒋楚的一番话给搅乱了心绪，致使思念更甚。戴蔓既然没出国，那她怎么丢了？怎么在媒体上也见不到她半点消息？

415 与蒋楚的小聚不欢而散，开着我的廉价“情人”就要回公司，蒋楚追上来，“大叔，你刚喝了酒，就别开车了。”我没搭理他，逞强似地驶离了他的视线。就要到公司时，拐弯处，一个中年男人突然出现在路中间，“歇特，欺负我喝酒了啊？”我边骂着边减速往路右侧靠，想躲闪他，可他也向右侧靠了过来。

416 随着一阵急促的刹车声，中年男人倒在了距离车轮5米远的地方。我发誓不是我干的，我这廉价“情人”倒了八手的老爷车根本没那么大的杀伤力，也许他是……困了？很快，一群爱凑热闹的街坊把他围在了中间。我下了车，站在人群外，听他们七嘴八舌地品头论足，却没发现有一个人主动上前去扶他。

417 一个小男孩骑在爷爷脖颈上问：“山羊爷爷，他死了吗？”爷爷答：“喜洋洋，他没死。”“那咱们救救他吧！”爷爷语重心长地说：“傻孩子，咱们不能救他，万一他赖上咱们就麻烦了！”小男孩哭了，“可是，如果咱们不救他，他会被灰太狼抓走的。”爷爷哄劝道：“喜洋洋不哭，遇见这事儿灰太狼也会躲开的！”

418 围观的人越来越多，却始终没人肯上前帮忙，大概都怕给自己惹上麻烦吧！不说别人，就连我自己也很犹豫。刚才那位爷爷说得或许对，遇见这事儿就连灰太狼也会躲得远远的，别没吃上肉反惹一身臊！我如果救他，很可能就会被指认为肇事司机，等他醒过来没准就会说是我把撞倒的，否则怎么会是我救了他？

419 “喵喵，瞄瞄——”陈小星一路小跑地追着肥猫，眼见它钻进了人群，陈小星也跟着挤了进去。看到地上躺着的人，先是吓了一跳，然后大着胆子伸手在那人鼻孔下试探了下，“他还活着，你们怎么不救人呀？”她望着围观群众纳闷地问。她伸出双手，想把中年男人给扶起来，但是力气太小，折腾了好几回都不成。

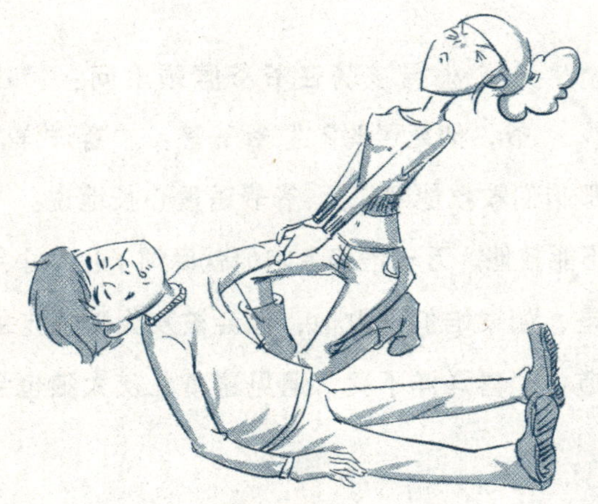

420 再也看不下去了，带着一身酒气和仗义，我挤进人群，抱住昏倒的中年男人，一使劲给扶了起来。一边退出人群，一边用命令式的口吻对陈小星说，“去，把车门打开！”人被扶上车，陈小星长吁了一口气，“大叔，你心肠不错哦！”我板着脸没说话。很快，车开到了公司门口。我把钥匙扔给陈小星，“开门！”

421 小心地扶着中年男人，下了车。正要进门，陈小星诧异地问：“呀，咱们不去医院吗？在这里能行吗？”小姑娘哪里知道我肯主动帮人已是经过一番复杂的思想斗争了，她又哪里知道，如果把人送去医院会有多少麻烦在等着我。何况，这人只是晕厥，问题应该不会太严重。懒得和她解释，扶着人向房间走去。

422 我把中年男人平放在沙发上，使劲地掐他的人中。没一会儿他便醒了，慢慢地坐了起来，大口地喘气。我泡了一杯速溶咖啡，拿了一袋小面包给他。“谢谢！”中年男人说着，就大口地吃了起来。“呀，原来这老头是被饿昏的！”陈小星笑嘻嘻地说。中年男人脸红了。“你这丫头，咋这么没礼貌啊？”我假装生气地说。

423 中年男人自称福大海，是来北京寻亲的。“已经找好多天了，一点线索都没有。在北京也没什么熟人，只是靠自己误打误撞的，干着急。”听了他的遭遇，我就动了恻隐之心。“北京这么大，茫茫人海的，凭一己之力，想找人可不是一般的难啊！福兄，如果不嫌我这庙小，你可以暂时住我这里，就当是个落脚点吧。”

424 不等福大海答话，陈小星小嘴一撅，“那我怎么办？你们也不能丢下我呀？”我笑了，心想这小丫头咋这么纠缠呢？70后不跟80后斗嘴，80不跟90后斗爱，我这个不嫌命长的70后还是少招惹这个非主流的90后好！我问：“那你说怎么办？”她嘟着嘴说：“恳求你们，就收下我这个实习生吧，我可以帮公司拉业务！”

425 福大海似乎对陈小星特别有好感，恳求道：“就留下她吧，我可以分文不取帮公司做些杂事，小星我可以带带她。”与陌华柔电话沟通，她正忙着相亲，电话里她装得极其淑女，柔声道：“文总，您定吧，我听您的。”于是事情就这么定了下来。可是十多天后，陌华柔突然不爽了。她走进我办公室，发起飚来！

426 陌华柔发飚是因为陈小星。福大海身体恢复了，经常是一身白衬衣、黑领结、蓝西裤地打扮，看上去颇有绅士范儿，再加上他做事不图回报，而且做得井井有条，陌华柔对他算是没什么可挑的。但那个陈小星就太懒散了，迟到早退是常有的事，每次都是福大海给圆了过去。最要命的是，她发现陈小星竟然经常对着我发嗲！

427 “发嗲是女人最毒的武器！”这一点是陌华柔经过N次相亲后总结出来的。所以，她找我挑刺来了！我一肚子的无奈没处说，我并非是因为陈小星的嗲劲才跟她走近的，实在是因为工作。别看机构业务不多，杂事却不少，我想让陈小星尽快熟悉业务，替公司多少分担些工作。女人就是女人，不管怎么解释，陌华柔始终不爽。

428 涉世之初的90后哪里懂什么叫业务?更不懂什么叫策划。在陌华柔的几次牢骚后，我不得不派她出去拉业务。“那你给我个方向，我去哪拉业务呀？”陈小星倒是不拒绝，后生可畏。能指望她拉来什么业务呢，随便她吧，权当让她锻炼身体和嘴皮子了，我坏笑道：“策划无处不在，客户满大街都是，大街上拉去！”

429 本是句玩笑话，谁知陈小星却当了真，自己印了些宣传单，还准备了一身行头。紧身银色短裤，银色坎肩，胸前佩着绶带，手拿宣传单，满大街地与人搭讪，俨然一位丰姿卓绝的啤酒小姐范儿。有点小青春，也有点小风骚，不伦不类的样子，与本职工作完全不搭界。可想而知，此般行头与德行，如此方式与方法，哪会有业务？

430 我白天洽谈业务，晚上尝试着写小说。当下微博那么火热，那么好玩儿，包括我在内的很多人，早已痴迷于此。玩物丧志啊！能不能在玩的同时，发挥下自己的特长呢？手机小说在日本不是很风靡吗？那我可不可以写微博小说呢？这个平台，这个环境，似乎比手机更方便、更直接些。我为自己的突发奇想激动不已。

431 是的，我要写小说。写微博里的那些爱情、写我自己的那些寂寞。微博里有糜情、乱情、偷情，更有纯真的爱情，有的，一定有的，至少我曾遭遇过，至少可以算是单恋。一念至此，脑海里便开始翻江倒海，那些幸福的、酸楚的、开心的、难过的一幕幕浮现出来。这不由得也让我一次次地思念起戴蔓来，她到底去了哪里？

432 经过短期的酝酿，首部微博小说《围脖时期的爱情》终于出炉了。在新浪微博里我还专门开设了一个叫做“围脖时期的爱情”的账号，开始了我的在线写作。几乎同时，蒋楚将他的公司变更成了影视公司。“中国人为什么拍不出好电影？不是资金问题，不是剧本问题，不是演员问题，而是导演问题，中国没导演！”他说得义正词严。

433 蒋楚开影视公司的目的是自己做导演，他豪情万丈、气吞山河、牛逼烘烘地说：“中国没导演的空白将被我填补！中国没导演的历史将被我刷新！我就是中国的詹姆斯·卡梅隆，希区柯克，黑泽明……我蒋楚——将是中国唯一的导演，世界之外！”导演蒋楚同学的激情演说，得到一群酒肉朋友的大肆吹捧。

434 蒋楚请我帮他写个伦理剧情类的剧本，我就将以前的一本小说给了他，“你看看这本《痛，就哭出声来》，如果觉得行，就拿去吧，免费使用，版权归我，但需要你自己改编。”蒋楚接过书，只看了十几页就泪流满面了，一把搂住我，“大叔，您这个简直就是替我量身订做的，这样的故事正是我需要的啊！”

435 “电影投资风险很大，你要谨慎谨慎再谨慎，千万别太冒进。” 我白天忙着谈业务，晚上忙着写《围脖时期的爱情》，根本没时间搭理蒋楚，于是，提醒了他一句后把小说丢给了他，随便他折腾去吧，鬼知道能拍出个什么玩意儿来。自那天起，蒋楚几乎就在我的生活中消失了，想必躲进深山老林里去磨炼剧本了吧，而我开始了漫长的写作。

第十六章 chapter sixteen 望

打开窗户，让月色挤进来，还是，让寂寞出走？我被这夜幕困扰着，被这月光耻笑着，该走近，还是离开？其实我也想说，我爱，爱这云的萦绕、爱这鸟的追逐、爱这夜的宁静。可我说不出口，我怕啊，我怕说完，云就散了，鸟就飞了……我只能这样静静地望，望这月色，望这夜幕，望这寂寞……

——《大叔念》

436 为了收集写作素材，只要有闲余，我都会挂在微博上，将各种预想的台词和灵感发上去供大家品评。这期间，收到了几条来自偶而风尘的私信。@偶尔风尘：大叔恋爱了？@偶尔风尘：大叔的感情真丰富！@偶尔风尘：大叔那个受家庭虐待的舟舟怎么样了？@偶尔风尘：大叔，你的那个糖果妹妹呢？她还联系你吗？

437 偶尔风尘的私信我一条也没回过，而是另外注册了一个叫做“大叔”的马甲和她开始了热烈的调侃和交流。我不知道自己是出于什么心理，总之不想用我自己的真实ID和别人调侃，更不愿意用它和别人说些暧昧的语言，我不想，我要封闭它，让它保持沉默。偶尔风尘似乎并不知道“大叔”就是我，所以起初她很排斥。

438 鬼知道我为什么要用马甲和人交流，或许马甲比真我更真实？或许因为对方也是个马甲？可偶尔风尘是谁的马甲呢？它当然是个马甲，它的主人当然有一个堂堂正正的名字，一个属于自己的实际代号。那么她是谁？爱谁谁吧，没必要纠结于此。既然调侃是快乐的，那就继续。反正大家都是马甲，神马都是浮云，谁是谁并不重要。

439 偶尔风尘说自己在感情方面是个生手，“很久没动过那玩意儿了，麻木了，生涩了，不会爱了。爱是什么呢？还没有一盘小龙虾来得实惠。”我曾在簋街亲眼见过一对年轻恋人，互相推让一只小龙虾，于是回道：“爱情本来就是一只你推我让的小龙虾，有麻有辣有香有咸有敬有情……也有剥下的不能食用不能下咽的残骸。”

440 我几乎迷恋上了与偶尔风尘的交流，有激情，有碰撞，有火花，尤其在小说遇到瓶颈时，总是可以在与她的对话中，得到某种启发，继而让创作顺畅起来。她没有头像，准确说，她的头像不是“头”像，而是脖子上的项链特写，项链很普通，不普通的是挂坠，那是一块晶莹剔透的翡翠，被她白皙的脖子映衬得极其乍眼。

441 能给你激情和灵感的女人，一定是个聪明的女人；给你欢畅和喜悦的女人，一定是个懂得欣赏你的女人。恰巧偶尔风尘就是这样的女人。偶尔风尘欣赏我，欣赏没穿马甲的那个我，恰当地说她欣赏文达书的文字，是我真身的粉丝。但这一点都不影响我的喜悦和欢畅，因为她同我的马甲交流时总会提到那个真实的我。

442 背后夸奖才是真正的欣赏。在用马甲与偶尔风尘交流的时光里，我总是被这种“真正的欣赏”弄得眉飞色舞。因此我经常祈求上帝：阿弥陀佛，无量天尊，善哉善哉，这货是真的，这货是真的，这货是真的没认出我是谁！我就是在这种境界里一路高歌，继而侃侃而谈，然后又将部分桥段演变成小说内容。

443 有时候我甚至觉得自己上了瘾，每天不和偶尔风尘侃上那么几句，就会浑身不自在，下笔也空洞无物。可是人家也是要吃饭要工作的，总会有忙的时候，因此，她在线时间和上线时间都不是很固定。有时候甚至好几天都不见她上来，我没问过她到底是做什么工作的，更没有问过她诸如“这几天怎么没来”这么幼稚的问题。

444 偶尔风尘时而也会套我口风，比如问我是否喜欢文达书的文字，是否读过《大叔念》，怎么看待那些矫情文字等等，一些与我真身有关的问题。当然更多时候，她会和我探讨有关爱情的话题：微博里有没有爱情？爱情到底是什么，微博这东西会让爱情回归高尚，还是会使爱情彻底沦丧？时代越发展、科技越发达，纯爱就越稀缺？

445 和偶尔风尘的每一次探讨，都会将我带入一种沉思的境界。每一次我都会发现，人生原来有那么多问题值得思考。在偶尔风尘偶尔消失的时候，除了思考，偶尔也会思念。到底思念谁，心里却是那么的恍惚。是阿桑、是戴蔓、是糖果、是朱烨还是偶尔风尘？我不知道，十分模糊。阿桑变了，戴蔓丢了，朱烨……朱烨呢？

446 朱烨偶尔会来看看我，但每次都显得十分匆忙，听说她被暂停了工作。原因是她给一个官二代瞄上了，被追得有些透不过气来，就在她准备投降时，那小子却开车轧死了人，而偏偏又是在接她下班回家的路上。出事时朱烨就坐在副驾驶位置，还穿着制服，当时那小子正甜言蜜语地挑逗她，精神溜号了，乐极生悲才出了车祸。

447 朱烨被突如其来的悲剧吓到了，一时没回过神来，她被吓得浑身颤栗，小脸煞白，是在围观群众的提醒下，她才强迫自己恢复理智，主动报了警。在等警察到来的空隙，他们已被人群紧紧围住，不明真相的群众破口大骂。“还警察呢，没长眼睛啊！”“警察草菅人命，抓起来，抓起来！”“狗男女，开车还调情，你们咋没被撞死！”

448 毕竟是警察，朱烨心理素质相对来说还是好的，她闭上眼睛，任凭大家讥讽、谩骂。可那个官二代就不同了，撞死了人，却一脸的不以为然，“烨，别怕，等警察来咱们就可以走了。”当他听见围在车外的群众骂得难听时，慢悠悠地放下车窗，一脸不屑地冲着窗外说：“反正人都死了，骂能解决什么问题，说吧，要多少钱？”

449 估计围观群众里没有死者的家属，一听到官二代提钱，大家骂得就更欢了，各个义愤填膺、大义凛然的样子，“别以为有钱谁都了不起。”“警察撞死人，给钱就想了事儿？”“谁要你的臭钱，你们就等待接受法律的制裁吧！”这时警察来了，勘察完现场后，要带朱烨他们走，官二代傲慢地说：“我不会跟你们走，我爸是区长！”

450 一句“我爸是区长”立刻激怒了围观群众，纷纷抄起砖头、瓦块、棒子、水果、鸡蛋……向官二代身上招呼起来。警察看大家扔得也差不多了，赶紧劝阻，并厉声对施暴群众喊道：“统统住手，你们这样做是违法的！大家都消消气，散了吧！”然后在官二代的挣扎和怒骂下，给他戴上了手铐，连同朱烨一起推上了警车……

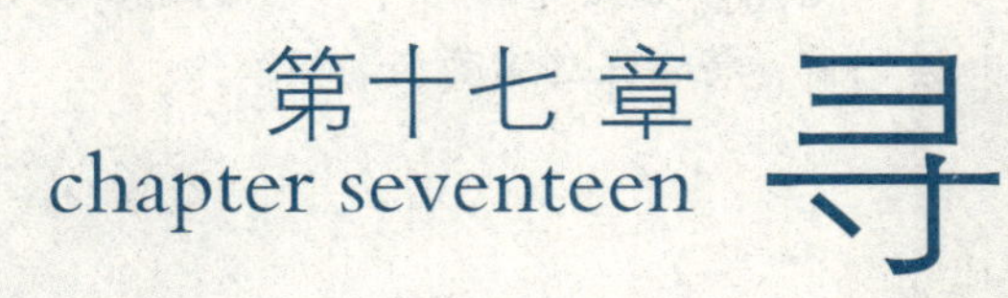

第十七章 chapter seventeen 寻

我想，我就是一只候鸟吧！衔了一滴春雨，由南到北，从东向西，满世界地寻你。我只飞翔，不说话，我怕弄出声响惹怒猎人的子弹。不，你放心，我不是怕死，我是怕白白浪费了生命。我要活着，活着才能找到你，才能飞翔。如果翅膀断了，我就匍匐，用爬的姿势到达你面前，将嘴里这滴雨水潮湿给你。

——《大叔念》

451 写作写到疲倦时，我也会约一些朋友出去喝茶，期间和朱嶝衍聊起过舟舟。我将舟舟的遭遇告诉了他，还在笔记本上放了两张舟舟近照给他看，我指着相片义愤填膺地说：“你看这丫头长得多水灵多白净，皮肤看上去吹弹可破，她那个禽兽老公怎么就下得去手呢？这么薄弱的身体怎么忍受得住啊？”说着说着，我的眼睛就潮湿了。

452 大概过了一个月，再次和朱嶝衍喝茶时，他问我最近是否和舟舟有联系，我说最近全部精力都放在了写作上，无暇顾及到她。他叹了口气，莫名其妙地问：“她不会有事吧？”他的这个反常我起初并没太在意，随口说了句：“没事，她都习惯了。”谁知朱嶝衍竟然提议道：“要不这几天，咱们去趟广州把她解救出来吧？”

453 我摸了摸朱嶝衍的额头，“没发烧吧？你这北京警察也管不到那段啊？”虽然他额头上冒着虚汗，但我坚信他那是肾虚的表现，与发烧无关。“你这猪头也不烫手啊，怎么嘴里尽冒胡话呢？”“不是胡话，是真话。没工夫跟你斗嘴玩儿，我是认真的！”我收回手，眼睛直视他，问：“你打算怎么救？”

454 聊了大半天，朱嶝衍也没能拿出个具体方案来，挠了挠头皮说：“一时间我也没什么好办法，咱们只能到了广州见机行事了。”于是，在一个夜黑风高的夜晚，我们去了机场。我们要乘坐的航班是20点55分的，20点整我们过了安检。20点35分我们登上了飞机。20点40分机长广播通知：女士们，先生们，今天风大，不飞了。

455 赶回市区的途中，一向沉稳的人民公仆朱嶝衍同志，突然十分反常地破口大骂起来：“靠他姥姥的！猪脑袋啊？那风又不是我们上了飞机才刮的，都刮一晚上了，干吗非得等到我们登了机才通知不能起飞啊？我要投诉，我要告死这群人！”朱嶝衍的表现太令我震惊了，竟然把我肚子里的牢骚全给说出来了。

456 近朱者赤，近墨者黑，这朱嶝衍大概是和我混得太熟、走得太近被我给带坏了吧？他竟然也有不淡定的时候，哈哈，有趣！我坏笑着怂恿他：“对，告他们！把那帮孙子告下台，那你就牛逼了！我将代表我全家全公司全微博给你竖起一块两人高的纪念碑，永远铭记你！”

457 快到市区时，朱嶝衍接了一个电话，让我万万没有想到的是，电话竟然是舟舟打来的。在我的逼问下，老朱不得不老实交代。他说自从听我说起舟舟的遭遇后，就在微博里找到了她，并有了交往。具体怎么找到的他没告诉我，但我知道他有这个本事。他既然能查到我家的母猫叫卡夫卡，那他就绝对能找出微博里的舟舟。

458 我早就说过这个朱嶝衍不简单，不但不简单，反而还很深邃，让人根本摸不到他的根。但同时我也相信，他是个好人。好人做好事顺理成章，他找到舟舟，想要解救她于水深火热，这完全是可以理解的事情。然而，令我更加震惊的是——舟舟来了！“什么？舟舟来北京了？怎么可能？什么时候的事儿？”我表现得情绪很不稳定！

459 舟舟确实进京了，几乎就在我和朱嶝衍被请下飞机的同时，她也下了火车。当我们在火车站找到她时，老朱一个健步冲上去，把她紧紧地抱在了怀里。我被面前的场景惊得目瞪口呆，甚至怀疑自己是不是在梦游？这怎么可能，怎么会是这样？他……她……咳！谁说微博没奸情？谁说微博没奸情？谁说微博没奸情？

460 一直以为自己就够不要脸、够不正经、够流氓的了。没想到这位在我心里刚刚树立起一点威信的人民警察朱嶝衍，竟然比我脸皮还厚，比我还不要脸，比我……呃，比我出手还快。舟舟可是位有老公有家庭有工作的三有公民啊，你朱嶝衍也是位有警号有手枪有地位的三有公安啊！这叫我情何以堪啊？

461 终于，他俩恢复了正常，停止了亲热，想起了这是大庭广众，也想起了还有个围观的我。朱嶝衍牵着舟舟的手走过来，对她说："你看，这是谁？"舟舟一眼就认出了我，"呀，大叔！"说着把右手从老朱的熊掌里挣脱出来伸向了我，"大叔，您和照片上一模一样，就是本人比照片瘦了些。"废话，我大病初愈，能不瘦吗？

462 不知道是什么心理在作祟，我浑身觉得别扭，简短地寒暄了几句，便缄口不语。回来的路上，我负责开车，他俩负责亲热，从他们断断续续的交谈内容来看，这俩家伙的感情已经到了炉火纯青的地步，恨不得就地火拼。我咳嗽了一声，提醒道："这是车里不是洞房，你俩他妈轻点。"说完，我自己都闻到了一股酸味。

463 事情的发展完全偏离了正常轨迹。当朱嶝衍再次出现在我面前时，已经是一周以后了，他解释说："达书，你别误会，我知道你有误会，也有偏见，这不怪你，因为你不了解状况，其实我是单身，我妻子早就去世了，所以我有爱和被爱的权利。而舟舟和那个禽兽也即将离婚。我们是正当的交往，我会娶她！"

464 谁娶谁和我有毛关系？你情我愿的爱谁谁。或许是因为他们之前一直对我隐瞒实情，又或许是因为自己情感上受过挫折见不得别人成双入对吧？总之，这件事情让我心里很不是滋味。我在私信里隐藏了事件主角，简单地和偶而风尘说了下情况，我还告诉她，我很不开心，很不舒服。偶尔风尘劝慰我：大叔淡定。

465 时间就这么不闲不淡地悄然流逝着，转眼小半年过去了。此间《围脖时期的爱情》已经完成了一大半，而消失了很久的蒋楚突然打来了电话，称电影已经拍好，邀我去看片，却被我拒绝了。按说他的这部电影是根据我的作品改编的，我没理由不去看，可不知道为什么，我心里特别抵触，甚至有些恐惧。到底恐惧什么，无从得知。

466 就在这段日子里，公司也有了很大的起色，不仅接到了几宗大单子，还增添了不少新员工。我整天将自己锁在自己编织的故事里，悠然自得，几乎就没去公司露过面。就连微博上得都很少。而陌华柔则成天忙着相亲，也无暇顾及公司。公司所取得的成绩都是福大海的功劳。我和陌华柔约定一起回公司找他谈谈。

467 虽然业务多了，人也多了，公司却井然有序，忙而不乱。万万没有想到，当初我发的那么一点小善念竟换回个“宝贝”来。“福大海真是高人！”陌华柔伸出大拇指赞叹不已。“我就说嘛，大难不死必有后福，这福先生就是你的大福星，兴许啊，他还会让你大贵呢！”陌华柔一脸的阳光灿烂，看得出她比我更加开心。

468 而事实上，我的福星不止福大海一个，就连90后小破孩陈小星同学在福大海的精心培养下，工作也上了正轨，再也不是满大街乱发传单的“啤酒小姐”了，俨然一位职业的业务帮办。最近签下的一笔大单子，就是她做的前期公关，真是令人刮目相看。在总裁办公室，我收起笑脸，十分严肃地指着福大海问：“你到底是谁？”

469 空气骤然凝结，陌华柔吃惊地望着我，不知道我这是唱的哪出戏。沉默了许久，福大海长长叹了一口气：“唉——”然后从口袋里掏出了一本护照，递给我说：“这是我的护照，您二位请看。”“福舰？香港人？”我边看边疑惑地问。“是的，我叫福舰，祖籍河北廊坊，19年前去的香港，是香港奥得传媒集团前总裁。”

470 “难怪把公司管理得这么出色，敢情您是位资深的专业人士呀？真是有眼不识泰山，失敬，失敬！”陌华柔鞠躬致敬，一脸的虔诚。我笑道：“其实，我早就看出你不简单了，却没想到你这么不简单，哈哈，该着我发财啊！”福舰谦恭地说：“哪里哪里，好汉不提当年勇，如今我只是您两位手下的一名普通员工。”

471 陌华柔把我拉到一边小声说："这么个大活宝，咱可得抓牢了，你可别把人给吓跑喽。"我哈哈大笑道："他跑不了！"陌华柔暗中掐了我一把。"你掐我，他也跑不了。"我转向福大海，"福大哥，多亏你这大半年来的无私帮助，才有了公司现在的成绩，如果不嫌弃，我们兄妹俩想邀请你正式入伙，咱仨一起做老板如何？"

472 虽然公司小了点，一个从大集团出来的总裁未必看得上眼，但我有直觉，我的提议福舰会接受。果不其然，他豪爽地点头道："好，我答应你们！坦白讲，我之前是有过一段辉煌的历程，但现如今都已成了过眼云烟。能有这么一个平台，有你们两位这么好的合伙人，我非常愿意留下来和你们一起发展，何况我还有重任在身。"

473 福舰所说的重任就是寻亲，寻找他失散了十九年的老婆和孩子。十九年前他的叔父以让他继承财产为由，将他接去了香港。而那时候他的女儿才刚刚满月，他叔父说等一切安顿好，就让他回来接她们娘俩一起过去享福。谁知道这一切根本就是场骗局，一到香港他就被叔父用非人的手段威逼着和一个截瘫女结了婚。

474 “人为财死，鸟为食亡。我叔父那时完全被利益熏黑了心，为了拿下截瘫女父亲公司的一笔生意就毁掉了我——他的亲侄子一生的幸福。我当时在香港人生地不熟，又孤单无援的，想跑都跑不掉，直到今年那个半身截瘫的女人去世，叔父也病入膏肓，我才恢复了自由……”福舰无比伤怀，说着说着已是满脸热泪。

475 “十九年来，我没有一天不在想念着我的女儿，终于自由了，可以回来了，可我回到老家后才知道，她们母女俩早就搬走了。听人说她们可能来到了北京，我这才追到了这里，可是在北京寻了很久，却一直没有线索。”听福舰说到这里，陌华柔皱起了眉头，十分不解地问：“您后来成了大总裁，应该有好多机会逃回来啊？”

476 福舰叹息道：“当上总裁是我到香港十二年后的事情了，虽然我和截瘫女是被强行捆在一起的，可她并不坏，还曾设计过帮我逃跑，虽然没能成功，却让我感受到了她的善良。在一起日子久了多少也就生出了一些感情，而且我知道，至少她不会害我。和一个根本不爱自己的人一起生活，她又何尝不是受害者呢？”

477 “七年前我被叔父架到了总裁的宝座，而事业和家庭一样，对于我来说，都无权拒绝。虽说我是总裁，可公司到处是叔父的亲信，根本就没有自由可言。何况那时候我的残疾老婆身体各项机能已经出现了严重的问题，随时都有生命危险，怎么说也是在一起生活了十几年的夫妻，我又怎么忍心抛下她一走了之？”

478 “不瞒两位，我也曾动摇过，想认命，安心地留在香港，因为我和大陆的妻子也没什么感情。我早年丧父，是母亲把我拉扯大的，母亲病危时，唯一的念想就是希望在闭眼前能看到我成家，于是在媒婆的说合下，我被迫和一个外乡女结了婚。我们在一起生活了一年多，而香港那位却和我一起度过了十几个春秋，孰重孰轻？”

479 “可我放不下我的女儿，那是我的亲骨肉啊！或许是爱屋及乌吧，正是因为放不下我的女儿，所以也就放不下我的前妻和那个曾经的家。自此，那些没白没夜的思念，慢慢地就演变成了愧疚感，而且越来越重，由愧疚感又上升到了负罪感，我对不起她们娘俩，我有罪啊！现在我的身体虽然恢复了自由，可我的心还被这种负罪感束缚着。”

480 “说我虚伪也好做作也罢，可我长久以来确实怀着一份深深的负罪感，我要赎罪，我必须找到她们。”福舰的一席话听得陌华柔泪眼朦胧的，女孩子到底还是女孩子，敏感、多疑，却又容易相信别人，也容易被感动。其实我也不是没动容，至少我刚才就思考了一个十分深刻的问题：媒婆时代的爱情和围脖时期的爱情哪个更靠谱？

481 陌华柔突然想起了什么，擦了擦眼泪，问福舰：“您之前好歹也是位大总裁，怎么会落到身无分文，饿晕在街头的地步呢？”福舰苦笑，“我原本血糖就低，平时就好眩晕，何况那几天找人心切，连日奔波弄得早已疲惫不堪了，她们母子又丝毫没有线索，急火攻心，就犯病了。偏偏又差点被车撞到，这连病带吓的就晕倒了。”

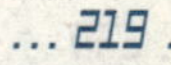

482 问清楚了状况，也就算通过了“政审”。“该了解的都了解清楚了，那咱们就说正题吧！”我煞有介事地宣布，“欢迎福舰先生正式加盟公司，出任总裁，我当董事长，陌华柔为财务总监。从今天起咱们三人就捆在了一起，我们长期的目标是：努力把公司打造成中国最牛的策划机构。近期目标是：集全公司之力尽快找到福嫂母女。”

483 陌华柔提议说：“以前公司名字是按我俩名字起的，现在福总加盟进来，那公司的名字也该改改了。”还是女孩子想得周到，我表示同意：“好，那就改成文华舰营销策划机构，明天就去申请变更。”福舰沉思了片刻，说：“‘文’字看上去不够稳重，有点压不住阵脚的感觉，如果文董不介意，不如改成新闻的‘闻’吧？”

484 其实名字不过是个代号，人是这样，公司也是这样，我不以为然。既然福舰觉得改了显得稳重，那就改吧，反正听上去都一个样。于是，梦想中未来中国最牛的策划机构——闻华舰营销策划机构就此诞生了！公司有福舰这位卓越超凡的专业人士执掌，再加上我的非专业鬼点子和发散、跳跃性非人类思维，我坚信它会越走越好。

485 就在我大刀阔斧、豪情万丈地进行着公司的革新时，微博里盛传起一个震惊的传说：电影《痛，就哭出声来》刷新中国电影票房史最低记录！导演蒋楚当初的豪言状语变为坊间笑谈，被公认为中国电影界当之无愧的“毒药导演”！怎么会是这样？我写的故事有那么烂吗？我赶紧打电话给蒋楚，可是打通了却没人接。

486 正想去蒋楚家找他，却收到了于峰的私信，@编剧导演于峰：毒药导演蒋楚是你哥们儿吧?那个小兄弟是个天才！我急于了解真相，直接给于峰去了电话：“峰哥,到底是怎么回事？”“你那兄弟确实是个天才，《痛，就哭出声来》是部天才电影！”“不是说票房很惨吗？”“票房能说明什么？只能说明他没炒作！”

487 据于锋说，蒋楚把电影拍得极其文艺，是一部难得的上乘之作。也正是太文艺了，所以票房也就低了，低到可怜。“这是中国文化的一种堕落和悲哀！大家都追求娱乐和暴利文化，却忽略了纯正的文化和艺术！为了商业利益，导演只顾着迎合观众口味，而忘记了文化本身！这太悲哀了！”于峰在电话里不无感慨地一通批判。

488 于峰说：“总之，票房低不是蒋楚的错。”既然已经上升到了社会问题，又岂是我这一介博民所能解决的！于是，放弃了去找蒋楚的念头。或许，他现在正猫在某个女人的床上痛定思痛，深入研究着更广泛的社会问题吧？我正胡思乱想着，却被于峰的最后一句话给震住了：“戴蔓把女一号演得太生动了！”

489 戴蔓是女一号？！我被惊得半晌没回过神来。去她微博查看，竟然发现有了更新：没有谁真正懂得谁，谁都有未曾昭然的秘密，即使我们相爱，我也无力将自己揭穿。不是清高，我只是喜欢远眺，想把你以及你的世界看得更加清楚。无须抱怨你的仰望，请低头看你脚下的水面，我亦匍匐着，仰望你。——《月语》。

490 戴蔓的微博里并没写半点与电影有关的信息，可她是女一号？她怎么就成了女一号？她消失了的这段日子和蒋楚一直有联系？那蒋楚怎么没告诉我？在网上搜索到了《痛，就哭出声来》的视频，虽然视频效果很一般，我还是从头到尾认认真真地看完了。戴蔓是女一号！戴蔓果然是女一号！我的眼睛从头湿到尾。

491 亮点在最后。亮点总会出现在最后。电影结尾戴蔓说：现在你该明白，我想你该明白，其实，我一直萦绕着你，未曾消散……然后画面定格在她长长的、白白的、嫩嫩的脖子上。脖子上挂着一个项链。项链很普通，不普通的是那个项链坠——那是一块翡翠，一块我十分熟悉的翡翠，它曾出现在偶尔风尘的头像里。

492 我赶紧跑到偶尔风尘的微博里再次查看，头像还在，而且还刚刚更新了微博：有一条路，只要踏上就无法回头望；有一条路，只有上帝知道它通往何方……我记得这是戴蔓的那首《有一条路》里的歌词，歌词下面还有一条微博：我早知道你是谁！现在你该明白，我想你该明白，其实，我一直萦绕着你，未曾消散……

初稿2010年1月29日

完稿2011年1月27日

跋

感谢昼夜坚守在微博里演绎爱情故事的每一个你，感谢你们将那么多的感动无私地呈现给每一个我。正是聆听了你们的故事，我的指尖才与键盘交欢，在微博里繁衍出这部与爱情有关的小说。

小说写作之初并没有预设脉络，因为我不知道你们到底会演绎出什么样的情节，因此这本书看上去有点混乱，宛如我们一度混乱的微博生活。与其说我是个作家，莫如说我是一个勤劳的拾荒者，我投机取巧地将你们释放出的精彩碎片一一拾起，整合成了一部作品。这部作品与你读过的任何一本小说都不相同，它是碎片化、即兴化、互动化的微博体。

感谢十几万粉丝一直以来对本书的追捧，感谢各位老师、前辈、兄弟、姐妹对我的厚爱。林程曦、章鱼儿、玉碧落、阳光也有烦恼、虹翻翻、水绒、我是一心、周玲edu、陶然馨婉、戚小诺、王蕃……谢谢你们一如既往的支持。

《围脖时期的爱情》写到这里并没有结束，因为生活还在继续，微博还在更新，爱情还在蔓延……蔓延着的爱情不是我的，就是你的，或者是他们的。宛如潮水，前赴后继，起伏跌宕。所有刻骨铭心的爱情，或幸福，或辛酸，或美满，或挫败，每天、每时、每刻、每分、每秒都随着微博的更新，指尖的记录，而上演着。

其实，爱情就是一味药，不吃会寂寞会空虚会没有生活

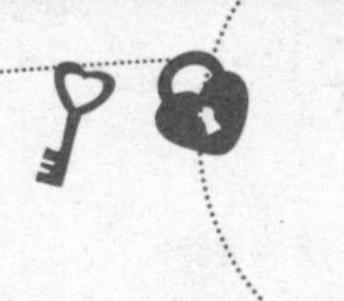

的激情与情调，吃了容易上瘾容易迷惘容易在茫茫情海中丢失自己。爱情属于勇敢者，敢触碰，谁都了不起。

时间还在流动，生活还在继续，《围脖时期的爱情》怎么会结束？文达书与戴蔓的所谓爱情到底如何了？福舰是否找到了他的亲人？陌华柔100次相亲后找到了爱情吗？蒋楚的导演梦想真的就此终结了？舟舟真的嫁给了朱嶝衍？漂亮的女警官朱烨恢复工作了吗？糖果呢，后来怎么消失了？还有……还有……还有太多太多的疑问没有揭开，所以这个故事没有结束，故事尚在发生时，未来到底如何，我也不得而知，我们一起期待吧，期待他们每一个人都是精彩的，我想我会在我的微博里继续记录这些故事、这些人。

小说中我穿插了大量的幽默段子和矫情的散文诗，有些是在写这部小说时，依据情节即兴创作的，而有些则是我零散写在微博里的，但都属于我的原创文字。即便有些看起来眼熟，也不必惊讶，因为有好多“段子”我曾公开在网上晒过，有的也在报刊上发表过，很多都成了时尚经典语录，广为流传。致使我自己再用时，总会有读者跳出来指责：大叔不厚道；大叔抄袭；大叔剽窃！我反倒成了贼，冤枉啊！因此，我要声明，必须声明，本书中的任何一段文字都是我的原创，我没抄袭没剽窃，要剽也是剽了我自己，如有雷同，概不认账。呵呵。

在微博里，我将自己创作的段子统称为《大叔冥想》；将

微型散文诗则命名为《大叔念》。在微博里追看《围脖时期的爱情》的好多读者，其实之前都是《大叔念》的铁杆粉丝，他们喜欢那些矫情的文字，远远胜过喜欢我这个人。由此可见，唯美、真挚、感人的诗句还是很有市场的。只可惜，这样的文字只能放在网上展示给大家，却难以成书，因为鲜有人愿意花钱去买纯文学的作品，也因此没有出版商敢去冒这个风险，实在遗憾。赘述这么多，无非是想给我的那些《大叔念》们，找到一个可以冠冕堂皇地印在纸上的借口。借这篇《跋》再附上10篇以飨读者——

@闻华舰：我或你，坐在月色里，看时光静谧地流淌，宛如莅临一场没有预谋的暗杀。月亮是位娇美的姑娘，柔软的肌肤被割开一条豁口，橙黄的岁月柔和地流逝。她很安逸，静静地观摩自己的皮肤慢慢枯萎。没有反抗，没有挣扎与怒吼，甚至没有呻吟。她随遇而安，安详地等待老去。她没有名字，或许叫月亮，或许叫我或你。

——《我或你》

@闻华舰：我愿意飘浮在清冷的苍穹，承载这漫天的尘，任污浊将我抹黑，任大地被我沉重。我不清高，我不冷漠，我是云，只有云之重。我愿意承受所有的眼泪，承受这一世的悲，任大气将我沉浮，任大风被我凌乱，我不癫狂，我不飞

扬，我是云，只有云之重。

——《我愿意》

@闻华舰：谁的黄昏都涂抹了乡愁，即使一只乌鸦。它们的背影犹如黑沙，流淌在归途。归途总是漫长并且拥挤的，有些乌鸦在坚持，有些死了。当你看见我行走在路上，请不必为我担忧，我不是回家，只是赶去收集黑沙，一捧捧乌鸦的尸骨。再黑的鸟，也是一条生命，比我卑微却比我勇敢，我不能飞，却能将它们一粒粒埋葬。

——《乌鸦》

@闻华舰：我们都是芦苇，一棵棵曾经鲜活，渴望被美好充盈内心的草。我们都是芦苇，被巍峨秒杀了葳蕤，无处丛生的草。我们都是芦苇，一棵棵活得卑微，独自飘摇的草。我们都是芦苇，被大厦侵略了空间，疲于奔命的草。我们都是芦苇，一棵棵噤若寒蝉，内心被塞满荒谬的草。我们都是芦苇，却不是稻草，我们无路可逃。

——《芦苇》

@闻华舰：该用怎样的朝华验证光明的存在？又该用怎样的温度暖热这一世的悲凉？我是如此深情地眷恋你，眷恋你曾

经散发的气息，一切的气息。我爱你的每一株生命，花以及草。爱你的每一个伟大、母亲以及祖国。可是大地，你为何孳生了邪恶？太平洋的海水，蓝了又浊了，咸了又酸了，我盘旋在它的上空，不忍离去。

——《彷徨》

@闻华舰：真想就这么醉死！醉死在你的眼眸里。那么蓝，那么深邃。我不敢多看你，我怕亵渎了这份幽静。我要远观你，我怕我在你的碧蓝里瞧见自己，那将是一宗罪。我必须远离你，我不能忍受自己污浊的影，映进你的瞳孔，那将是一种浩劫。就让我站在千里之外，你见不到我的地方，静静地醉死……

——《醉》

@闻华舰：在一个季节里，努力深沉，让所有的叶子，砸在肩上。你眼里的坠落，抵达于我，将是一种厚重。我需要这种厚重，需要它们掩饰我的轻佻与浮躁。你可以轻视我，也可以用火辣的眼神焚烧我，而你无法烧尽所有的叶子。只要有一片叶子还在飘浮，我就有承接的信念。

——《叶子》

@闻华舰：总是在夜里幻想爱情，幻想你在零点时分敲响

我的房门，邀我与你穿越漫长的黑夜。我幻想爱情，幻想你优雅的身姿。而你并不存在，你是飘渺的，至少没有踪迹，也没有影子。我爱上了爱情，爱上了寂寞，与自己的影子交欢，那么玄妙。精神与肉体哪个更接近爱情？我选择前者，甘愿守候，却又泪流满面。

——《幻想》

@闻华舰：谁打碎了她都将是一种罪。这不是风景，是镜子，照进心灵。蓝得精湛，红得深邃，静得安逸。是水，是火。是水燃烧成了火，火淹没了水的战争……那么激烈、那么激昂。我来时，战争刚刚结束，她正睡着，我悄悄地望着她，那么幸福……

——《一面湖水》

@闻华舰：把孤单想象成叶子，让它飘零；让它被拾起；让它被揉搓成茶；让它落进杯具；让它被开水滚烫；让它被你轻轻喝下；让它在你唇边弥留芳香；让它残留苦涩；让它苦得更加彻底；让它被当作肥料施于花草；让它肥沃你的芬芳……

——《绿茶》

是为跋！

闻华舰

2011年元月于北京

微博达人怎么说——

@王小山 第一部因微博而有的小说！年度十大网络小说！

（作家、榕树下中文网总编辑）

@孟波 一条围脖能够拴住爱情吗？答案可能在《围脖时期的爱情》。

（新浪网副总编辑）

@华子 爱情这个古老的尤物，和微博这个新鲜人儿走到一起，会发生什么新奇的故事？《围脖时期的爱情》为我们解答。

（天涯社区执行主编）

@张海鹰 看了《围脖时期的爱情》情绪有些复杂，还真一言半语难以说清，就像看过的《成都，今夜请将我遗忘》和《原谅我红尘颠倒》一样，都是最令人纠结、疼痛，却又非想一口气看完的小说。

（《生活报》常务副总编辑）

@姚晨 闻老师写的微博小说，推荐一下。

（演员，《潜伏》中饰演翠萍）

@王蕾 爱情，你说得清吗？微博，你说得清吗？有人却偏把《围脖时期的爱情》说清了。@了我，没@你？@了他，没@她？没关系，只要@了爱情！

（齐鲁电视台当家四小花旦，《新聊斋》主播）

@董姝 什么样的男人最让女人动心？《围脖时期的爱情》告诉我们，这年头，防火防盗防大叔。

（山东卫视主持人、《早新闻》主播）

@傅冲 感恩《围脖时期的爱情》带给我们美好的文字，感恩读者珍惜身边的每一位爱你和你爱的人。珍惜爱情，感恩一切。

（著名演员，代表作《红十字方队》《天劫伦》）

@郑铮 传说中的大叔很无辜，很有趣，有点贼，有点坏，有点小

儒雅，大叔比大哥靠谱，围脖时期的大叔太少，能织围脖的大叔一般有点酸，不过女孩子都爱酸，所以大叔的脖子要更长些，因为大叔一定会有很多围巾缠上脖子。很期待围脖时期大叔的爱情故事。

（演员、制作人，电视剧《红楼梦》饰演鸳鸯）

@编剧导演于峰　毫无疑问，以微博为平台即兴创作的《围脖时期的爱情》标志着网络微文学时代的来临。小说中那些即时性人物、情节在每一段140字内，他们鲜活了，他们创造着一种崭新的微生活方式。当然，你可以在这其中找到你自己的影子。

(电视剧《地道战》编剧、导演)

@马德林　有微博的时代其实我们已经没有了爱情，爱情渐行渐远，留在我们心里的却是难以触碰的疼。

（编剧、演员，代表作《决战刹马镇》）

@某顺　闻总是个爱赶时髦的人，织着时髦的围脖，写着时髦的小说，《围脖时期的爱情》里写的尽是围脖里的人和事，你找找，哪个人物像你?

（情感作家、CCTV《半边天》特邀嘉宾，潍纺电台《十笏夜话》主持人鱼顺顺）

@初志恒　华舰兄能在如此纷繁碎片化的围城里构筑他的爱情故事，且这绵绵此情像涓涓细流滋润着干燥的围脖，让我们领略到甜甜的温暖，让人感慨万千。

(山东鲁花集团品牌总监)

@中一在线　140字的微博问世，影响了社会的发展。微博小说的诞生，增添了微博的魅力。闻华舰的《围脖时期的爱情》将载入文学史，成为微搏发展的里程碑。祝贺《围脖时期的爱情》正式出版。

（微博中国最具影响力官员20强，海宁市司法局局长金中一）

@坏蓝眼睛　围脖小说精妙，趣味，独特，精彩，令人在140字之内或莞尔，或赞叹，或瞠目结舌或久久沉思，围脖时期的爱情抑或也是如此。

（专栏作家、图书策划人）

@树下野狐 生活是张网，方寸即世界。《围脖时期的爱情》140个字的众生百态，@与私信的悲欢离合，在回复与刷屏中等候爱情。

（作家、东方奇幻小说创始人，代表作《搜神记》）

@南台就是南台 没有独特性的作家是无希望的作家，没有独特性的作品是无价值的作品。要独特，就要创新，闻华舰可称微博小说之父！

（知名作家、宁夏作协副主席南台，中国喜剧小说奠基人，代表作《一朝县令》《只好当官》）

@五岳散人 微博时代的爱情，可能很微薄，也可能像围脖一样温暖。《围脖时期的爱情》值得品味。

(著名网络评论人)

@俞心樵 微博小说，其实就是纸媒时代的小小说。很显然，谁都不会怀疑，微博除了简略的时政信息、社会评议、商业广告，以及眉来眼去唧唧歪歪之外，可能更适合诗歌而不是小说。因为小说的性质是要靠情节和细节来养活的，140字的微博恐怕很难做到这一点。小说毕竟不是诗歌，诗歌是对本质的抒情，小说也不是格言警句，不是归纳总结，更不是春联谜语相声小品之类，小说毕竟是结构性的东西，首先是谋篇布局的字面结构，尔后是故事内容结构，尔后是更深层次的精神结构，哪怕是140字的微博小说也不例外，更何况要形成独立有情节、整体为连续的长篇小说。因此，敢于在微博写小说，这样的人究竟是什么样的人？胆子也太大了吧？活得不耐烦了吧？是走投无路还是别开生面？这样的人难道不让我们好奇十足吗？这样的人甚至不该引起我们的敬畏之情吗？这样的人终于出现了，他就是被称为微博小说第一人的闻华舰先生。

（知名诗人）

@包临轩 华舰微博小说最大的意义在于，对微博而言，使之超越了讯息层面，具有了美学价值；对小说而言，使之步入了碎片化的微博时代。所以，对于两者来说，都是升级行为。

（《生活报》社 社长、诗人 包临轩）